애쓴
사랑

황시백

# 애쓴
# 사랑

낡은집

# 선생도 농사꾼도
# 제대로 못 되는 놈!

# 사잇골에서

# 태백에서

# 다시
# 사잇골에서

품어라,
뭐든 다른 것

달걀

하루 종일 동네 어른 대여섯 분과 이앙기 뒤를
따라다니며 잘못 꽂힌 모를 세우고 빈자리 때우는
일을 하는데, 슬슬 눈치 살피며 적당히 왔다 갔다
하던 나는 어른들이 모에 쏟는 정성을 보면서
놀라고 부끄러웠다. 남의 논인데도 아무리 구석진
빈자리라도 찾아내 모를 꽂는다. 기계가 잘못 꽂은
모는 하나하나 손을 본다. 내가 학교에서 선생 노릇
할 때 저 정성으로 아이들을 돌봤던가.
선생도 농사꾼도 제대로 못 되는 놈!

선생도
농사꾼도
제대로
못 되는 놈!

# 화천에 다녀와서

길이 좁아 대문 앞까지 차가 들어갈 수 없다고 한다. 이삿짐센터의
트럭이 오기 전에 짐들을 골목 어귀에 옮겨 놓아야 했다.
춘천 변두리, 마당에 남새밭도 있고 툇마루도 있는 옛집 방 한 칸을
얻어 자취를 하던 김 선생의 이삿짐이다.
지부 사무실 귀퉁이에 칸막이를 하고 더부살이로 있던 화천
지회가 새로 살림을 차려 화천 읍내로 독립해 나가자, 상근자
김 선생도 사무실 따라 이삿짐을 꾸리는 것이다.
해고자 몇 명이 짐꾼이었다. 비닐 병에 든 막걸리 두어 잔씩 돌려
마시고, 교직 생활 2년도 채 못 되어 해직된 처녀 선생의 짐을 나르며
모두들 괜히 실없는 농담을 주고받았다. 시집갈 때 갖고 갈 만한
물건은 하나도 없는데 뭘 이렇게 싸 짊어지고 다니느냐는 둥.

그러나 우리는 마음이 아팠다.

김 선생의 고향은 먼 남도. 느닷없이 교단을 빼앗기고 그렇게도 아끼고 의지하며 살던 제자 아이를 잃고 객지에 덩그러니 남은 선생님. 세간인들 뭐 별게 있겠는가. 골목 어귀에 오두마니 쌓인 이삿짐은 이 눈먼 시대, 거리에 내몰린 교사들의 모습을 닮은 듯했다.

화천 지회는 길가 집 처마 밑을 이어 만든 네 평의 공간이었다. 그러나 내부는 조합원들의 정성으로 컴퓨터, 복사기, 싱크대와 찬장, 참교육 물품 전시대까지 알뜰살뜰 갖추어져 있었다. 트럭과 함께 먼저 도착한 김 선생의 거처는 사무실 맞은편 가겟집 곁방. 짐은 벌써 제자 아이들이, 이제는 김 선생보다 머리 하나는 더 크게 자란 고등학생들이 들여놓은 뒤였다. 좁아터진 사무실에서 해고자들, 현장 선생님들, 아이들이 어우러진 이사 뒤풀이가 벌어졌다. 김 선생은 연신 웃으며 제자들 소개하기에 바빴고, 자기 터전으로 돌아온 그는 참 오랜만에 행복해 보였다. 누군가 '참교육의 함성으로'를 불렀고 곧 목멘 소리로 합창이 되었다.

그렇다. 우리는 이렇게 다시 시작한다. 포기할 수 없는 싸움이므로. 가 봐야 할 시간이 되었다. 역시 농담 비슷한 인사를 했다.

"김 선생, 어떻게든 하루 세끼는 꼬박꼬박 찾아 먹어."

그러나 이런 말을 해야 하는가.

이 땅의 교사들이 서로에게 이런 인사를 해야 하는가.

"안 굶어요. 다 수가 있지요." 하고 그는 웃었지만 무슨 대단한 수가 있겠는가. 숨길 것 없다. 한 달 생계비 16~17만 원으로 벌써 삼 년째 버텨 오는 것이다. 얼굴은 까칠하고 어깨는 더 가늘어졌다. 라면은 물리고 질려서 봉지만 봐도 지겨울 것이다.

　그러나 김 선생. 어쩔 수 없는 싸움이다. 포기할 수는 없다.
이유는 간단하다. 이 싸움을 함께하는 이 땅의 숱한 선생님들,
현장의 선생님들 그리고 쫓겨난 선생님들, 그 선생님들의 교육과
아이들에 대한 절절한 사랑 때문이다. 그 진정성에 대한 우리의 믿음
때문이다. 탄압하는 세력들은 그것을 모른다. 그 믿음이 우리의
이데올로기라는 것을, 우리의 이른바 '편향된' 이데올로기라는 것을,
그리고 우리는 그 편향을 수정할 용의가 결코 없다는 것을 그들은
모른다. 골프채나 메고 다니는 자들이 알 리가 없다.

　화천에서 돌아오는 길은 해거름의 호수를 끼고 참 아름다웠다.
아름다운 사람들이 아주 많이 사는 이 나라의 자연답게.

(1991년 10월)

# 우리 시대의 선생님

머칠 전에 나온 강원 지부 회보에는 어느 지회에서 내부 토론 자료로 쓰인 세 쪽짜리 짤막한 문건이 실려 있다. 그 제안서 가운데 몇 번을 거듭 읽게 되는 구절이 있어 옮겨 본다.

"우리는 초인이 아닙니다. 정말 좋은 선생님이면서 좋은 아내, 남편이면서, 학교에서는 대중 사업도 잘하고 지회 업무도 잘하는 백 점짜리 인간이 되기는 힘듭니다. 가장 순수하고 평범한 한 교사로서, 인간으로서 느꼈던 모순을 풀기 위해 선택한 것이 전교조이지 애초에 그 모든 역량을 가지고 있어 운동에 뛰어든 것이 아닙니다. 아이들에게 미안하고 학교와 권력으로부터 탄압받고 가족들로부터 불만 어린 요구들을 들어야 하는 우리는 때로 전교조가 힘겹습니다. (……) 그러나 이 세상에 힘겨움 없이 가치 있는 일이 이루어지는 것이 있겠습니까? 역사는 가치 있는 고통을 딛고 발전해 왔습니다. 앞으로도 그러할 것입니다. 내가 오늘 일하지 않음이 작은 것 같지만 어쩌면 우리 운동과 역사의 발전을 조금 뒤로 늦추는 것인지도 모릅니다."

이 글을 읽으며 새삼스레 우리 시대의 선생님에 대해 생각해 본다.

어릴 때는 그랬다. "커서 뭐가 될래?" "선생님이요." "어떤 선생님?" "좋은 선생님이요."

좋은 선생님……. 점심시간에 아이들과 도시락도 나눠 먹고, 토요일에는 같이 화판을 메고 그림도 그리러 가고, 냇가에서 아이들 머리도 감겨 주고……. 영화 장면이 심어 준 환상이었던가. 그런 꿈을 꾸며 자라 우리는 선생님이 되었다.

첫 발령. 그러나 어떤 시구처럼 '선생이 선생이 아닌 줄' 알게 되기까지는 그 후 며칠이면 족한 것이었다. 여기서 그 까닭을 늘어놓는 것도 부끄러운 일이다. 때로는 자조 속에 '교육'을 포기하거나 때로는 혼자서, 혹은 몇몇이서 몸부림하다가 마침내 '운동'으로 손을 잡는 선생님, 그리고 전교조.

힘겨움을, 가치 있는 고통을 선택한 '선생님'은 그렇게 해서 이제 엄청난 고난에 가득 찬 이름이 된다…….

저녁 무렵이면 지회 사무실은 학교에서 퇴근하여 바로 지회로 출근하는 선생님들로 붐비기 시작한다. 모두들 힘든 하루였다. 무슨 죄인처럼 관료들 앞에서 닦달당하던 선생님, 뒷면 게시판을 규정대로 안 했다고 경고장을 받은 선생님, 아이들을 꾸짖고 괴로워 어깨가 늘어진 선생님, 조그만 보람찬 일 하나로 온통 들떠서 들어서자마자 그 얘기부터 시작하는 선생님, 아예 집에 들러 아기를 안고 나온 선생님……. 대충 저녁밥을 시켜 나누고 업무들, 소모임, 회의들이 시작된다. 〈전교조 신문〉이 포장되고 복사기가 돌아가고, 유리창에 선팅된 참교육 휘장은 형광등 불빛을 받아 활짝 웃는다.

밤이 깊어진다.

'오늘 우리가 일하지 않음이 역사의 발전을 조금 늦출지도 모르기 때문에' 힘겨움을, 가치 있는 고통을 선택한 '선생님'은 그렇게 해서 이제 작은 희망을 갖는 이름이 된다…….

오늘 아침 신문에는 '시국선언교사 징계 최종절차 눈앞에'란 제목의 기사가 실려 있다. 죽어 가는 제자들을 더 이상 외면할 수 없다고 했던 선생님들이다. 다른 말은 다 두고 한 가지 묻고 싶다. 당신들은 어릴 적 혹시 한 번이라도 좋은 선생님이 되고 싶은 꿈을 가져 본 일이 있었는가? (1991년 11월)

선생도 농사꾼도 제대로 못 되는 놈!

# 홍경전 선생이 디딘, 노동으로 꽃피는 땅

홍 형.

그 썰렁한 장평 차부 근처 식당에서 찌개 국물에 소주
몇 잔씩 나눠 마시고 헤어진 게 지난주 토요일, 그러니까 4월 18일
아침이었지요. 때아니게 웬 비는 그렇게 줄줄 내리던지. 그 전날
여관방에 들어 이런저런 얘기 나누다 자정께 빗소리를 들었지요.
창문으로 불빛 몇 개 아스름히 남아 젖고 있는 장평 마을을
내려다보며, 참 허구한 날을 어느 지붕 밑에서 우리가 이렇게 모여
전교조 걱정으로 밤을 새는구나 하는 생각이 듭디다.

새벽녘에 설핏 잠이 들었다 깨어 보니 함께 있던 조 선생님은
출근길 바빠 벌써 떠나셨고 머리맡에 쪽지 한 장이 접혀 있었지요.
'(……) 이렇게 비가 내려 땅을 적셔 주니 우리 전교조가 하는 일이
모두 잘 돼 갈 겁니다. 일어나시면 해장국이라도 드십시오.'

껑충하니 큰 키에 소처럼 순한 눈을 껌벅이는 조 선생님. 잠든
해직자들을 여관에 두고 새벽 빗길을 나서며, 그 여린 사람 오죽
마음이 아팠을까요.

용봉집이든가, 거기서 조 선생님이 두고 간 돈으로 홍 형과 함께
'해장'을 한 사람은 지부장님, 본조 조직국 송 선생님, 지부 기획실장,

조직부장 그리고 나, 그렇게 모인 지회 순방팀이었지요.

　장평, 우리말로 '진뜨루'라고 부른다는, 동쪽은 가파른 산으로
꽉꽉 막히고 냇물 따라 이름 그대로 한없이 기다란 들판. 거기
언제 봐도 가건물처럼 서 있는 정류장. 홍 형의 거친 손을 잠시
잡고는 버스에 오른 게 겨우 일주일 전인데 왠지 까마득한 옛일로
느껴집니다.

　평창 지회 사무실이 있는 봉평 장터거리, 마침 장날이었지요.
지회 순방팀이 도착했을 때는 파장 무렵. 여기저기 난전을 걷느라
부산하고 물간 생선 몇 짝이 장바닥에 널려 있었어요. 시인인 이언빈
지부장은 대학 다닐 때 '이효석 문학의 발자취'를 찾는다고 이 봉평
바닥을 헤매고 다녔답니다. 철없던 시절과 덧없는 세월 이야기를
하며 한참 웃었습니다.

　지회 사무실에서 홍 형을 처음 만난 본조 송 선생님, 악수를
나누다 깜짝 놀라시대요.

　"아이구, 선생님 손이 너무나 거치네요."

　그렇지요. 해직교사 홍경전 선생님. 손바닥에 온통 굳은살이 박인
농사꾼. 그리고 전국교직원노동조합 강원 지부 평창 지회장.

　홍 형.

　많은 사람들이 있겠지요. 정말 대단한 분들의 삶. 재능과 열정으로,
치열함으로, 혹은 고뇌와 결단으로 가득 찬 그런 삶들이 있겠지요.
그리고 또 다른 아름다운 삶들이 얼마든지 있겠지요. 아니 바로
우리 주변에 있는 수많은 선생님들의 그런 삶이 아니었다면 우리는

**17**

해직 4년을 견뎌 내지 못했을 겁니다.

　그러나 홍 형의 삶에는 무슨 꾸미는 말을 붙일 수가 없다는 생각이 듭니다. 그냥 늘 있는 그대로인 사람. 그런 교사로 살았고 그렇게 해직이 되었으며 또 그렇게 농사꾼이 되고 지회장이 된 사람. 힘들지 않느냐 물으면 눈꼬리에 주름이 잔뜩 잡히는 맑디맑은 웃음 한번 웃고는 "뭐, 해야지 어쩝니까." 하며 그냥 일을 하는 사람. 그러나 때로는 밤늦은 술자리에서 느닷없이 뚝뚝 눈물을 흘리는 사람.

　손이 너무 거칠다는 송 선생님의 말에 홍 형은 얼굴을 붉히며 그랬지요.

　"뭐, 농사 좀 짓느라 지회 일도 제대로 못하고……."

　그렇지만, 총무일도 함께 본다는 홍 형이 적은 회계장부에는 빠듯한 지회 살림살이를 꼼꼼히 해낸 기록들이 가득했습니다.

　평창 지회. 사무실은 한 명뿐인 해직교사가 사는 봉평에 있고 진부에서, 대화에서, 평창읍에서, 또 별별 골짜기 조그만 마을에서 현장 선생님들이 하루에 겨우 몇 대 다니는 버스를 타고 모이는 곳. 저녁 무렵이면 논일 밭일 서둘러 끝낸 해직교사가 현장 선생님들 맞을 준비를 하느라 흙투성이 손 그대로 문을 여는 곳. 아마도 전교조의 가장 뚜렷한 희망은 그런 곳에서 자라고 있을 겁니다.

　선생님들과 장터거리에서 저녁을 먹고 장평으로 모임 자리를 옮겼지요. 되돌아가셔야 되는 현장 선생님들 차편이 좀 늦게까지 있는. 그날 장평 여관방에서 홍 형은 새벽까지 몇 분 선생님들과 이야기를 나누고 있었지요. 잠결에 어렴풋이 들은 기억으로는 너무 힘들게 사는 아이 엄마 걱정이었던 것 같습니다. 두 아들, 다섯

살배기 비와 세 살배기 해의 엄마. 지난겨울 홍 형네 들렀을 때,
버스를 두 번씩 갈아타고 파출부 일을 다니던, 깜깜해져서야 손발도
볼도 꽁꽁 얼어 집에 돌아오던…….

　고향은 충남 보령군. 그곳에 아버님 산소가 있다고 들었습니다.
어릴 때 서울로 가서 맏형 밑에서 자랐고 경동중·고를 나왔다지요.
그리고 지금은 이름도 바뀐 공주사범대학의 연극반 출신.

　홍 형. 공주는 이제 엄청 변했답디다. 학교 옆 감나무골에서
나루터 주막집 가는 오솔길이 아스팔트 쫙 깔린 도로가 되고,
달구지 하나 겨우 다닐 만하던 금강 뚝방길은 6차선인가 8차선으로
변했답니다. 푸성귀나 호박 따위, 자취 반찬을 주로 '조달'했던 뚝방
밑 똥밭에는 고층건물이 즐비하다지요. 연극반 여자 동인들이
우리가 밤중에 취해서 똥구덩이에 빠질까 봐 맨날 걱정하던 생각이
나서 이 편지를 쓰다 말고 혼자 웃었습니다.

　매산동 언덕 꼭대기 폐가, 염소 우리로 쓰던, 한쪽 구들이
내려앉은 방을 빌려 우리가 자취하던 때도 생각납니다. 집 뒤 묵은
밭을 일궈 아욱도 심고 상추도 심고 열무도 심고 그랬지요.
탈 만드느라 구한 바가지에 여린 열무 잎 뜯어 담고 된장 얹어
밥 비벼 잔뜩 먹고 배를 둥둥 두드리곤 했지요.

　감나무골 도랑 옆에는 어찌 그리 냉이도 많던지. 홍 형은 그때만
해도 서울내기라 냉이와 미친냉이를 구별 못 해 타박도 꽤 많이
받았던 것 같습니다. 산에서 나무 해다 불 때고 나물 뜯어 버무려
반찬 해 먹고 저녁때면 301 강의실에 모여 연극 연습하던 시절.

그때 그 벗들은 지금은 거의 해직교사가 되었습니다.


홍 형. 내가 아직까지 도무지 이해할 수 없는 것이 사범대학에서
하고 있는 '교육'입니다. 도대체, 교사가 어떻게 살아야 하는가,
교육을 어떻게 보아야 하는가 하는 근본에 대한 생각의 싹은 아예
키우려고도 하지 않는, 오히려 짓밟고 잘라 버리는 짓을 사대란
곳에서 하고 있는 것은 아닌지.
우리도 사대생이었지만 정말 이상할 정도로 교육문제를 생각
못 하고 살았다 싶습니다. 그런 때 이오덕 선생님이 쓴
『이 아이들을 어찌할 것인가』를 읽은 충격은 엄청난 것이었습니다.
그런 이야기를 우리에게 들려준 사람은 그전까지 아무도 없었습니다.
사범대학인데도 이 땅의 교육을 걱정하는 사람은 없었던 거지요.
'교육'이 우리에게 문제가 된 것은 『이 아이들을 어찌할 것인가』가
나온 1977년일 겁니다. 그 뒤로 '딴따라'들은 야학에 뛰어들었고
글쓰기교육연구회에 다시 모였고 그리고 한참 지나 전교조
해직교사가 되었습니다.
연극반은 결국 해체당하고 말았지요. 감나무골에서 냉이 캐던
시절은 한편으로는 그 서슬 푸른 유신시절이기도 했습니다. 황석영,
김지하의 작품들을 제목까지 바꿔 가며 무대에 올렸고, 경찰서에
들락거리기 시작한 것도 그 무렵부터였습니다.
「금관의 예수」에서 거지 역을 했던 최교진 형이 29일 구류를
받고 유치장에 있을 때, 도시락을 싸다 준 적이 있었지요. 돌려받은
빈 도시락 속에 들어 있던 편지가 지금도 생각납니다. '「안티고네」

연습하고 있을 동인들이 보고 싶습니다. (……) 훌륭한 무대가
될 것을 믿고 있습니다.'

　장 아누이의 「안티고네」는 다음 공연으로 계획된 작품이었지요.
그러나 그때 이미 연극반은 등록 취소된 뒤였습니다. 지금
수석부위원장인 최교진 선생님이 가끔 뒤풀이 자리에서 걸쭉하게
부르는 각설이 타령에는 그런 아픔도 배어 있지요.

　일 년 뒤, 후배들이 '황토'란 이름으로 다시 연극반 등록을 했지요.
무대에 못질이나 하던 내가 홍 형이 연출한 유치진의 「소」에서 '소'로
등장했던 기억도 새롭습니다. 종이로 만든 소 머리를 뒤집어쓰긴
했지만 일약 주연으로 데뷔했던 셈이지요. 그때 함께 엎드려
소 뒷발을 했던 사람은 전주 지회 한상균 형, 소 주인 국서 역은 지금
수배생활을 하고 있는 충남 지부장 이영래 형, 국서 아들 개똥이가
부여 지회 황금성 형이었지요.

　홍 형. 예나 지금이나 아주 나쁜 사람들이 조금이라도 옳게 살아
보려고 애쓰는 사람들을 가두고, 매질하고 내쫓는 세상입니다.
생각해 보면 이 폭압의 세월 참 길기도 하네요. 그러나 우리
아이들한테만은 이런 세상 절대 물려주지 말아야지요. 우리 몸이
으깨지는 한이 있어도.

　냉이 캐던 시절은 그렇게 흘러가고 우리는 교사가 되었습니다.
홍 형이 첫 발령받은 곳은 강원도 영월군 마차중이었지요.


　홍 형이 마차중학교에 있을 때 생활은 별로 전해 들은 것이
없습니다. 같은 강원도 땅이지만 내가 사는 속초에서 워낙 먼

곳이지요.

홍 형 사는 곳을 처음 찾아갔을 때가 1985년, 홍 형이 평창군
봉평중학교로 옮긴 그해 어느 날이었습니다. 장평에서 한 시간에
한 대꼴로 있는 버스를 갈아타고 20분쯤 들어가면 봉평. 정류장이
있는 데가 바로 장터 초입이지요. 「메밀꽃 필 무렵」을 읽은 게
중학교 때던가, 물레방앗간, 주막집, 나귀, 달빛…… 그런 낱말의
아련한 느낌만 남아 그 마을을 무슨 옛 영화 보듯 둘러보았던
생각이 납니다. 장터거리에서 샛길로 빠져 조금 내려가면 오른쪽에
봉평중학교, 좀 더 가면 널따란 냇물을 만나고 다리 건너 마주
보이는 산 밑에 두 칸짜리 슬레이트 집, 아예 그곳에 터를 잡고
살 작정으로 빈집을 헐값에 샀다고 했습니다. 가운데 벽을 헐고
한 칸으로 만든 제법 널찍한 방에는 주인은 없고 웬 아이들이
자기 집처럼 앉고 엎드리고 해서 음악도 듣고 책도 읽고 있었어요.
홍경전 선생님을 물으니 잠깐 일 보러 나갔다고, 곧 돌아오실 거라고
하더군요.

홍 형 집은 아이들의 도서관이고 음악실이고 사랑방이었습니다.
방문을 잠그는 일도 없고 한쪽 벽 앵글책장에는 중학생들이
읽을 만한 책만 쫙 꽂혀 있었지요. 아이들이 밤낮으로 드나들며
저희들끼리 배고프면 쌀 퍼다 밥도 해 먹고 그랬다지요. 이 노총각
장가가긴 다 틀렸구나 싶었습니다. 그날 밤에 우리가 무슨 얘기를
했던가요. 학교에서 아이들과 연극 연습한 일이며 공연하느라
오토바이를 하루 종일 타고 공주까지 가서 조명기 빌려 온 얘기도
그때 들었던 것 같습니다.

그 뒤로도 더러 만났지요. 이듬해 뜻밖에도 장가간다는 소식이
들려왔습니다. 홍 형보다 열두 살 아래, 참 묘한 인연이라고
할 수밖에 없는, 띠도 같고 생일도 같은 영월 색시.
　결혼식은 음력 구월 열엿새였지요. 전날인 보름밤. 달은 휘영청,
앞마당에 모닥불은 타오르고 옛 친구들 모여 풍물 울리던
그 흐드러졌던 춤판. 혼례마당은 봉평중학교 운동장. 바람에
나부끼는 청사초롱, 색동옷 입은 색시와 두루마기에 고무신 신은
홍 형 모습이 지금도 눈에 선하네요.
　새벽이면 냇물에서 하도 안개가 피어올라 집이 온통 묻힐
지경이어서 홍 형네를 다들 안개집이라고 불렀습니다. 첫 아들을
얻을 무렵 교사협의회가 만들어지고 평창 선생님들이 꽤 자주 그
집에 모였다지요. 밤새워 토론하고, 강원도에서 처음으로 학급운영
자료집을 낸 것도 그 선생님들이었습니다. 그 집에서 함께 저녁을 든
날이면 아이 엄마가 큰 함지에 설거지할 그릇 잔뜩 담아 이고 냇가로
가던 모습을 지금도 얘기하는 사람이 많습니다.
　홍 형은 그때 평창교협 회장을 맡고 있었습니다. 참선생 노릇 한번
해 볼 꿈에 부풀어 다들 힘든 줄도 모르고 얼마나 뛰어다녔던지.
전교조가 결성되기 전해, 홍 형은 부근 용전중학교로 학교를
옮겼지요. 6월쯤일 것 같습니다. 일찌감치 직위 해제되어 쫓겨나
있던 내가 아직 학교에 있는 홍 형을 만나러 가서 역시 장평 차부
근처 식당에 마주 앉았지요. 정말 많이 괴로웠지요. 그러나
홍 형은 모든 것을 조용히 견뎌 내고 있었습니다. 결국 강원도
40여 명의 선생님들과 함께 홍 형도 나도, 무슨 죄를 그렇게

선생도 농사꾼도 제대로 못 되는 놈!

지었는지 법정에까지 가게 되었습니다.

오래 잊고 있었던 명동성당 단식투쟁이 떠오릅니다. 천막 안에까지 비바람이 들이치고 바닥에 깐 스티로폼 위로 물이 질척거리던, 그나마 누울 자리도 모자라던 단식 첫날 밤, 홍 형은 스티로폼 조각 하나 주워 머리 위로 비를 가리고, 성당 벽에 가만히 기대앉은 채 그렇게 꼬박 밤을 새웠지요.

해직 후, 그때까지 우편배달 말고는 〈한겨레신문〉이 들어오지 않던 평창 지역에 홍 형이 처음 지국을 열었던 얘기도 해야겠네요. 자정 무렵에 짐차를 몰고 장평으로 나가 신문뭉치를 실어 온다고 했습니다. 간지 끼우고 우편발송할 것은 띠지로 싸고 그러다 보면 새벽 서너 시. 다시 차를 몰고 진부, 대화, 평창읍, 봉평까지 신문을 돌리다 보면 아침 해가 떴다지요. 눈이 오는 날은 죽을 고비도 많이 넘겼다고 들었습니다. 그런 생활을 2년 가까이 했다고요.

홍 형, 그렇게라도 하지 않으면 해직을 견뎌 내지 못했을 거라는 생각이 듭니다. 수업 대신 그 일을 했을 테니까요. 작년에는 농사지을 땅 3천 평을 구했다고 했습니다. 역시 수업 대신 농사일을 시작했겠지요. 그렇게 해서 냇물 건너 안개집 홍경전 선생님은 진짜 농사꾼이 되어 있습니다.

지난겨울, 2월 하순이지요. 홍 형 사는 모습을 다시 한번 봐야겠다 싶어 봉평으로 갔습니다. 장평에 내려 집으로 전화를 하니 '비'가 받았습니다. 아빠 계셔? 아니. 혼자 있니? '해'하고. 니들 둘만? 응.

아이 엄마가 집에 없는 줄은 알고 있었습니다. 2월 초에 최교진

선생님 어머님 부음을 듣고 연락했을 때, 애 엄마가 요즘 일하러
다녀서 아무래도 못 가 볼 것 같은데 어쩌면 좋으냐고 그랬지요.
무슨 일을 다니냐고 물었더니, 그냥 뭐 파출부 같은 거…… 하며
말을 흐렸지요. 친자식처럼 대해 주시던 최 형 어머님 생각, 그리고
비 엄마 색동옷 입고 선생님한테 시집오던 날 생각에 거푸 담배를
찾았습니다.

　홍 형은 지회 사무실에 있었습니다. 봄방학이 시작된 날이라
일찍부터 현장 선생님들도 와 계셨지요. 인사발령이 며칠 안 남은
때였고 강제 전출이 많을 것 같다는 얘기들이었습니다. 평창군
교육관료들, 그 좋은 선생님들에게 어쩌면 그다지도 저열한
방법으로 온갖 탄압을 해 대는 것인지. 오히려 불쌍한 사람들이지요.

　그날 홍 형 집에는 경기도에 있는 후배 한 선생, 그리고 전채린
교수님도 오셨습니다. 미리 약속이 돼 있었지요. 전 교수님에
대해서는 앞에 조금 썼다가 다 지웠습니다. 혼날까 봐서요. 연극반
지도교수였던, 우리들의 오랜 선생님. 그냥 그렇게만 하지요.

　그날이 정월대보름이었습니다. 비 엄마가 일 나가면서 오곡밥을
한 솥 해 놓았지요. 밤 기온이 영하 20도를 오르내린다는 봉평. 눈은
쌓이고 얼고 그 위에 또 쌓여서 온 세상 눈부신 흰빛. 보름달이 뜨고
전 교수님은 그래, 그때도 저런 달이 바로 저기 떠 있었어 하며
6년 전 홍 형 결혼식 전날 밤 모닥불가에서 보았던 달 얘기도
하셨지요. 비 엄마는 또 얼마나 밝고 강한지. 내년에는 틀림없이
복직될 거라는 말에, 정말요? 하며 얼마나 환하게 웃던지.

　작년 농사는 처음 해 보는 일이라 참 어려웠다지요. 씨감자를 속아

사서 감자농사도 망치고, 닭도 함께 키우는 개가 물어서 많이 죽고,
개들은 또 감기 걸려서 죽고. 대부 받아서 짓는 농사, 아무리 잘돼
봤자 빚 갚기도 어렵다는데 홍 형은 그래도 힘든 기색을 조금도
보이지 않았습니다. 아무튼 그날은 온갖 시름 잊고 울분 삭이고
막걸리 몇 사발 묵은 김치 안주 해서 먹던 그날은 술맛이 어찌 그리
달던지.

새벽 여섯 시, 한 선생과 함께 홍 형 따라 방문을 나섰습니다. 바깥
기둥에 걸린 온도계는 영하 18도. 금세 콧속이 얼어붙었지만 이
정도 날씨는 보통이라고 했습니다. 영하 20도를 밑돌 때가 많다지요.
홍 형은 그때까지도 새벽마다 장평에서 봉평까지 〈한겨레신문〉
뭉치를 날라 주는 일을 하고 있었습니다. 신문은 다른 사람들이
나누어 맡았지만, 영동고속도로 변에 있는 장평 정류장에 배달차가
신문뭉치를 떨궈 놓는데 차로 그것을 실어 올 사람이 없다는
거였습니다. 홍 형한테는 퇴직금으로 산, 지금은 고물이 된 1톤
트럭이 있기 때문이지요. 차창에 더덕더덕 붙은 얼음을 긁어내고
바퀴 밑에 연탄재를 몇 개나 부숴 넣고 겨우 눈길을 미끌거리며 차가
굴렀지요.
한 시간 넘게 걸려 신문을 실어다 주고 다시 2킬로쯤 떨어져 있는
농장으로 갔습니다. 농장이래야 농사짓는 땅 한 귀퉁이에 우리를
짓고 소 한 마리, 염소 닭 거위 개 몇 마리씩을 기르는 곳이지요.
홍 형은 짐승이 그렇게 좋고 짐승 돌보는 일이 즐겁다고 했습니다.
살갗이 마구 아리는 해 뜰 녘 추위 속에서 곱은 손을 비비며

여물을 끓이고, 포대 속의 사료 퍼내 더운물로 이기고, 짚과 건초를 썰었지요. 한 놈 한 놈한테, 되게 춥지? 어디 아프냐? 하고 말을 걸며 짐승들을 다독거려 먹이는 홍 형을 보고 어째 난 홍 형이 아무래도 교사라는 생각이 자꾸만 들었습니다.

그전엔 만나면 늘상 학교 아이들 얘기였지요. 이제 우리에겐 그런 얘깃거리가 없어졌습니다. 염소 새끼를 쓰다듬으며, 소 잔등을 긁어 주며, 홍 형이 무슨 생각을 하는지 묻지 않았습니다. 물어볼 수가 없었습니다.

집으로 돌아오니 비 엄마는 벌써 일 나간 뒤였습니다. 장평까지 버스 타고, 다시 진부까지 갈아타고 그때쯤 어느 집 문간을 들어서고 있었겠지요. 떠날 때, 전 교수님은 겉옷 안에 입고 오셨던 재킷을 벗어 놓으셨지요.

"이거…… 비 에미 줘라. 아주 따뜻해. 풍덩해서 아무나 입을 수 있어."


홍 형.

긴 겨울 논밭 하얗게 덮어 재우던 눈도 녹고, 참꽃 산자락마다 피었다 지고, 벌써 늦봄입니다. 올해도 감자를 심었다지요. 그리고 또 전교조 일도 요즘이 제일 바쁠 때지요. 저녁이면 지회 사무실에서 거친 손으로 회의문건 만들고, 트럭 몰고 지부 집행위에도 참석하고, 이제 곧 전국교사대회에도 농사꾼 차림 그대로 나타나 우리들 앞에 서겠지요.

우리가 사는 이 땅을 생각해 봅니다. 어머니의 땅. 온 정성으로

가꿔 우리 아이들에게 물려주어야 할 사랑하는 땅. 그러나 함부로
짓밟혀 온 가엾은 땅. 그 땅에 굳건히 두 발을 딛고 선 농사꾼, 그리고
교사 홍 형.

건강을 빕니다. 두 아들 녀석들도. 아이 엄마도. (1992년 6월)

# 농사짓는 이야기 1

밤중에 오두막 방문을 열면 땅에 가득한 건 개구리 울음, 하늘에
가득한 건 별이다. 여기서 밤은 개구리와 별의 세상이다. 개구리는
왜 저렇게 울고 있는지, 별은 왜 저렇게 떠 있는지, 나는 왜 이 캄캄한
벌판 구석 외딴집에 웅크리고 앉았는지 알 수가 없다.

얼마 전 의정부 사는 노익상 씨의 사진 작업실에 들렀다가 이오덕,
권정생 선생님의 사진을 얻어 벽에 붙여 두었다. 이오덕 선생님은
매포 수양관 글쓰기 연수 때 마당 의자에서 글 쓰시는 모습, 권정생
선생님은 지금 사시는 집 조그만 방 방문 열고 앉아 계시는 모습.
가끔 두 분께 이것저것 묻는다. 어떻게 살아야 되는지……. 무엇을
찾아야 되는지…….

나이를 먹어 갈수록 정말 내가 뭐 하나 아는 게 없다는 걸 깨닫게
된다.

가령, 개구리 소리에 섞여 이따금 '꾸르륵' 하는 울음이 들리는데
그게 무슨 울음인지도 아직 모른다. 맹꽁이? 사전을 찾아보니
맹꽁이는 '맹꽁맹꽁' 운다고 되어 있다.

농사일은 더하다. 나는 '기역자 놓고 낫도 몰랐던' 사람이다. 지금도
나아진 게 거의 없다. 농사짓는 이야기라니. 진짜 농사꾼이 들으면,

아니 농사일을 한 번이라도 해 본 사람이 들으면 얼마나 같잖을까.
그런데도 이상석 선생이 윽박지르니 어쩔 도리가 없다. 다만
어찌어찌해서 혼자 들어와 농사를 짓게 되었다거나 하는 나 자신에
관한 하찮은 이야기는 빼기로 한다.


## 겨울나기, 거름 재기

지난해 12월 초에 여기로 왔다. 해발 600미터에 가까운 곳이라
이곳 강원도 봉평 땅은 겨우내, 3월 중순까지도 눈에 묻혀 있다.
눈 속에 장화 신고 지게 지고 나무하러 다니는 게 겨울 일이었다.
요즘은 나무 때는 집이 거의 없어서 땔감 구하기가 별로 어렵지
않다. 전에 이 동네에서는 냇가에 지천으로 돋은 물버들을 베어다가
단으로 묶어 세워 울타리를 에워싸 놓고 마른 단부터 풀어 땠다고
한다. 이젠 물버들 베는 사람도 없다. 나무 몇 단 부려 놓고 불 때고
엎드려 책 보다가 밥해 먹고 그렇게 겨울을 났다. 눈, 눈, 쌓이고 얼고
그 위에 또 쌓이는 눈. 여기는 혼자서 사람을 그리워하기에 아주
알맞은 곳이다.
3월 하순, 『유기농법의 이론과 실제』라는 책을 읽어 가며 거름
재기를 시작했다. 영영 풀릴 것 같지 않던 땅이 양달부터 녹아
들어가 질척거리던 무렵이었다. 유기농법 책의 발효 퇴비 만들기에는
이런 말이 나온다. '썩는 것과 뜨는 것은 다르다. 거름은 띄우는
것이지 썩히는 것이 아니다.' 썩는 것과 뜨는 것(발효)은 그 과정이

거의 비슷하다고 한다. 온도, 통풍 따위가 제대로 맞춰지면 뜨는 곰팡이가 생기는데, 뜬 것은 식물이나 동물에게 아주 좋은 먹이가 되지만 썩은 것은 독이 될 뿐이라는 것이다. 거름을 재워 띄우는 일은 많은 것을 생각하게 했다. 우리가 하고 있는 운동의 방식에 대해서도. 썩히지 않고 띄우는 길이 어떤 걸까……

이곳에 들러 한나절 같이 일을 했던 이상석 선생이 글쓰기 회보 54호에 거름 재는 일을 자세히, 참 재미있게 적고 있다. 뒷부분, 나에 대한 글은 아무래도 좀 낯 뜨겁지만.

## 경운기로 하는 밭일

경운기를 만져 본 적도 없었다. 이걸 처음 몰아 보면 무슨 길들이지 않은 쇠로 된 짐승 같다. 밭갈이 철이 되면 뒤에 붙은 수레를 떼어 낸 다음 쟁기를 단다. 한 골 갈고 경운기를 돌릴 때면 쟁기에 붙은 '잡좆'이라고 하는 막대기를 움직여 보습의 방향을 바꾼다. 잡좆을 움직이는 순간을 잘 잡아야 하는데 그게 그리 쉬운 일이 아니다. 한 이틀은 낑낑거려야 일이 손에 익어 제법 밭 가는 모양이 난다. 그러나 돌밭에서는 쟁기가 튀고 경사진 밭이나 객토한 땅에서는 까딱하면 경운기가 뒹굴어 버린다. 한눈팔 새가 없다. 그에 비하면 로타리 치기는 얼마나 여유가 있는지. 경운기 뒤를 슬슬 따라다니며 하늘도 보고 들판도 보고 그리운 사람도 그려 보고 노래도 부를 수 있다.

요즘은 소가 밭 갈기나 써레질하는 일은 거의 없는 것 같다. 소로 하는 쟁기질은, 경운기로 갈고 로타리 쳐 놓은 밭의 골 타기나 풀이 자랐을 때 하는 골 훑기다. 그건 경운기가 할 수 없는 일이다. 골을 타거나 훑다가 소가 너무 헐떡거리면 뒤에서 농부가 하는 말, "이려, 이눔아! 옛날엔 돌밭도 갈았어!"

소나 경운기로 하는 농사일은 그래도 다른 일에 비해 덜 혼자다. 짐승이든 벌레든 기계든 사람이든, 소리를 내는 것은 잘났든 못났든 같은 족속이라는 생각이 든다.


## 거름 내기

발효 퇴비는 온갖 것으로 다 만들 수 있다고 한다. 닭똥, 돼지똥, 소똥, 사람똥, 풀, 톱밥, 음식 찌꺼기, 재 따위. 흙도 띄워서 퇴비로 쓰는데 그걸 '퇴곡'이라 한다고 되어 있다. 거름이 잘 떠서 파실파실 해지면 논밭에 뿌리게 된다. 대단한 농사꾼은 가을걷이가 끝난 다음 바로 밭을 갈아엎고 거름을 내기 시작해서 10센티 이상 깔아 주는 사람도 있다고 한다. 그리고 옛날에는 논에서 나는 볏짚은 다 그 바닥에 깔고 그 위에 나뭇잎을 긁어 또 덮었다고 한다. 무슨 전설같이 들린다. 나같이 덜된 농사꾼은 씨 뿌릴 때가 되어서야 거름을 내는데, 논에 낼 때는 그래도 수월한 편이다. 수레에 싣고 와서 삽으로 휙휙 흩어 뿌리면 그만이다. 그런데 밭농사에서는 주로 골뿌림을 하는데 거름을 포대에 담아다가 밭 주위에 옮겨 놓고,

멜빵을 만들어 묶은 삼태기에 부어 어깨에 걸고 골을 따라 걸으며 손으로 한 줌씩 집어 뿌린다. 한 이틀 하고 나면 어깨가 벗겨지고 못해 먹겠다는 소리가 저절로 나온다. 그렇게 해서 씨감자는 놓고 옥수수도 심는데, 콩밭에는 거름을 안 한다고 한다. 그래서 콩 심는 일은 거저먹기다. 나중에 콩밭 매는 일을 생각 안 한다면.


## 모내기

품앗이를 다니면 하루 다섯 끼를 먹는다. 삼시 세끼에 새참 두 번. 끼니때마다 또 술이 나오니 일을 못해서 미안하긴 하지만 염치없이 주는 대로 다 받아먹는다. 혹시 "처음이라면서 일을 어찌 그리 잘하냐."라는 소리 한마디라도 해 주면 꼼짝없이 해 지는 줄도 모르고 혼수상태로 일을 하게 마련이다. 논일은 밭일과 달라 동네에서 품앗이를 하지 않을 수 없다. 못자리 비닐치기부터 시작해서 논두렁 바르기, 모내기는 물론이고.

모심기 전, 무삶이를 할 때다. 논 한쪽 가장자리가 아무래도 높아서 번지로 한나절을 긁어내도 제대로 된 것 같지가 않다. 이웃 어른께 논이 왜 이러냐고 물어보니 몇 년 동안 남이 부치던 논이라 손을 안 봐서 그렇다고 한다. 흙을 삽으로 떠서 낮은 곳으로 던지는 수밖에 없겠단다. 물 댄 논흙을 떠올리니 첫 삽부터 허리가 푹 접힌다. 두어 시간 했을까. 어른이 되고 나서 "아이구 어머니." 하고 돌아가신 어머니를 불러 본 게 아마 그때가 처음이었지 싶다.

선생도 농사꾼도 제대로 못 되는 놈!

그러고저러고 해서 모내기가 시작되었다. 이앙기로 하는 기계모라
여기 논 천 평이 오후 새참 먹을 때 벌써 끝나고 아랫동네 심퉁이
아저씨 아들네 논 남은 것까지 마저 하고 저녁을 그 집에서 먹었다.
　하루 종일 동네 어른 대여섯 분과 이앙기 뒤를 따라다니며 잘못
꽂힌 모를 세우고 빈자리 때우는 일을 하는데, 슬슬 눈치 살피며
적당히 왔다 갔다 하던 나는 어른들이 모에 쏟는 정성을 보면서
놀라고 부끄러웠다. 남의 논인데도 아무리 구석진 빈자리라도
찾아내 모를 꽂는다. 기계가 잘못 꽂은 모는 하나하나 손을 본다.
내가 학교에서 선생 노릇 할 때 저 정성으로 아이들을 돌봤던가.
선생도 농사꾼도 제대로 못 되는 놈!

### 조팝꽃과 돌배꽃

조팝나무 꽃이 필 때 옥수수 심고 돌배나무 꽃이 필 때 콩을
심는다고 한다. 그런데 조팝나무를 알아야지. 물어보니 바로 옥수수
심을 밭 두덩에 있는 나무다. 여기는 지대가 높아서 배나무가 되지
않는다. 대신 돌배나무는 산에도 들에도 널려 있다. 권정생 선생님의
동화「똘배가 보고 온 달나라」때문에 돌배나무는 쳐다만 봐도
얼마나 정겹고 애틋한지. 이 동네 사람들은 무슨 날짜를 따지지 않고
그렇게 꽃을 보며 씨앗을 뿌린다. 깨 모종을 언제 하냐고 물었더니
뻐꾸기 운 지가 한참 지났으니 늦었단다. 늦게나마 마당 귀퉁이를
일궈 들깨 한 줌을 뿌렸는데, 요즘 동네를 돌아보니 딴 집은 벌써

모종을 밭에 옮겨 심었다. 우리 집 것은 키가 겨우 손가락만 한데.

　이제 조팝꽃 지고 돌배꽃 지고 뻐꾸기 운 지도 오래되었으니 땅에 심을 건 다 심었다. 풀과 싸우는 일, 땡볕과 싸우는 일이 남았다.

　새벽이 가까워 별이 흐려지면 개구리 소리도 그친다. 대신 냇물 흐르는 소리가 살아나고 안개가 논밭을 덮는다. 책 몇 권이 얹힌 앉은뱅이책상 앞에서 고개를 들면 이오덕 선생님은 여전히 글을 쓰고 계시고, 권정생 선생님은 여전히 방문 열고 바깥을 보며 앉아 계신다. (1993년 7월)

선생도 농사꾼도 제대로 못 되는 놈!

## 농사짓는 이야기 2

초가을비가 종일 내린다. 양철 지붕에 비 듣는 소리를 못 견뎌
자꾸 방문을 연다. 들판은 벌써 어둑어둑하고 옥수수 키 큰
대궁들과 이파리, 깻잎, 콩잎, 노란 작은 꽃을 피운 쑥갓, 저만치
논에는 벼 포기들이 잠들었는지 깨어 있는지 오는 대로 그냥 비를
다 맞는다. 감자밭도 비를 맞고 있다. 감자는 언제 다 캐노. 그저께 캔
감자 한 무더기는 밭 귀퉁이에 쌓아서 보온 덮개로 싸고 비닐을 씌워
두긴 했는데 그래도 비가 이리 와서 괜찮을지 어떨지……
빗속에서도 벌레들이 운다. 온 세상이 가는 빗소리와 벌레
울음이다. 벌레 울음만큼 사람 입으로 흉내 내기 어려운 소리도
없을 것 같다. 더욱이 글자로는 그려 볼 엄두도 못 내겠다. 저 소리,
들판에서 가장 뚜렷하고 끝없는 저 울음이 땅강아지 울음소리라고
한다. 낮에 보면 손가락 한 마디 길이나 될까 말까 한, 겁먹어
이리저리 머리 박고 숨을 궁리만 하는 땅강아지가 어찌 저리
밤새도록 이 너른 들판에 울음을 뿌리는지. 정말 울음을 씨앗처럼
뿌린다는 느낌이 든다. 저 소리는 귀뚜라미겠지. 저 소리는? 이따금
들리는 저 울음은? 온 생명이 울음인 듯이 벌레들이 운다.
문득 이오덕 선생님의 시 가운데 벌레 울음 얘기가 있었다 싶어

책을 뒤진다. 「벌레 소리」란 시다.

그렇구나, 선생님도 언젠가 어디서 이런 벌레 소리를 듣고
계셨구나. 아파트 거실에 앉아 그냥 스쳐보고 지나갔던 시가 한 줄
한 줄 살아서 다시 읽힌다.

들판은 깜깜해졌다. 빗방울이 후드득후드득 굵어진다.


## 빈집


내가 사는 이 오두막에 도무지 어울리지 않는 말이지만 이런 집을
'북방식 주택'이라 부른다고 한다. 부엌문을 열면 바로 외양간이고,
쇠죽 끓이는 가마솥과 그보다 훨씬 작은 국솥, 좀 더 작은 밥솥이
한 부뚜막에 걸려 있다. 겨울에 소가 추울까 봐 사람하고 소하고
같이 끓여 먹고 같이 살도록 지은 집이다.

우리 집 외양간은 비어 있다. 여기로 처음 이사 와서 보니, 두꺼운
송판을 세워 막고 바깥으로 가마니를 두른 외양간 벽에는 소똥이
말라붙었고, 소가 있던 자리에 금 간 장독 몇 개가 앉아 있었다. 소가
지던 멍에는 반쯤 썩은 채 봇줄과 뒤엉켜 뒤란에 뒹굴어 있고.

이 집 소는 아마 아주 큰 황소였을 것이다. 멍에가 보통 것보다
훨씬 크고 굵다. 그 소는 언제쯤 이 집을 떠났을까. 이런 집은 소가
떠나면 사람도 떠나게 된다는 생각이 든다.

시골 어디서나 마찬가지겠지만 여기도 빈집이 여럿이다. 논배미
하나 건너 있는 앞집도 비어 있다. 골짜기로 들어가면 한 집 건너

선생도 농사꾼도 제대로 못 되는 놈!

한 집이 비어 있는 꼴이다. 그런데 이 빈집들은 거의, 이른바 개량
주택이 아닌 북방식 주택들이다.

길을 가다가도 빈집이 있으면 그냥 지나칠 수가 없다. 들어가
본다. 마당에 쑥대는 허리가 넘도록 자라 있고 외양간에는 소가 몸
비비며 살던 자리, 그 옆 부엌에는 뜯어 가지 않은 녹슨 쇠죽가마와
솥단지들이 아직 걸려 있다. 구들장은 내려앉고 문짝은 떨어져
너부러져 있고 기울어진 벽에는 무얼 얹었던 자린지 시렁이나 선반도
붙어 있다. 이 집도 외양간이 비고 결국 사람도 떠났겠지.

소가 살았던 흔적, 사람이 살았던 흔적에 마음이 아리다. 소하고
사람하고, 소 식구하고 사람 식구하고, 같이 끓여 먹고 같이 잠들고
날 새면 같이 뼈 빠지게 일하고, 살아 보자고 살아 보자고 기를
쓰다가 못살고 어디론가 떠났구나. 이 아궁이 앞에서는 누가 쪼그려
앉아 불을 피웠을까. 무슨 괴로움, 무슨 꿈으로 피는 불을 보고
있었을까…….

올해 농사도 제대로 된 것이 없다. 벼는 냉해로 고개 숙인
모가지가 별로 없다. 아랫집 논에는 어제 보니 소가 들어가 뜯고
있던데 일부러 뜯기는 건지 아니면 뜯거나 말거나 그냥 내버려 두는
건지. 감자는 캘 때가 지나도 장사꾼이 아예 오지도 않는다.
배추, 무도 운임이 안 나왔고 당근 한 사람들은 아주 망했다고 한다.

올해는 또 얼마나 빈집이 생길지.

## 쟁기 이야기

　지금 사는 낡은 농가에 처음 이사 왔을 때다. 뒤란을 둘러보니 반쯤 썩은 멍에와 엉킨 봇줄 아래 웬 굵게 깎은 나무 몇 가닥이 누워 있었다. 뭐지? 멍에는 알아보겠는데 다른 건 그냥 소 부리는 데 필요했던 것이겠지 하고 살펴보지도 않고 내버려 두었다. 마침 그 옆 처마 밑에 아주 번듯하게 생긴 요즘 만든 쟁기가 있었기 때문에 설마 그게 옛날 쟁기라고는 생각지도 못했다.

　올봄, 여기저기 묻고 곁눈질하고 허둥대면서 어찌어찌 논밭 갈고 씨 뿌리는 흉내를 대충 내고 나서 한숨 돌릴 때쯤이다. 농사일이라고 하다 보니 정말 너무나도 아는 게 없고, 읽어서 배울 만한 책을 구한 것도 없어서 『우리말 갈래사전』의 농업 부분을 찾아서 보는데, 내가 뜻이라도 알 만한 말이 그야말로 가물에 콩 나는 정도다.

　농업 부분의 이름씨 꼴 첫 쪽만 봐도 그렇다.

　가다리 가래꾼 가래질 가랫밥 가새모춤
　가을걷이 가을보리 가을일 가을카리
　각담 갈개 갈묻이 갈이질 갈풀 강모
　거웃 거치렁이 건갈이 건삶이 걸이질
　검은그루 겨리질 겨릿소 곁마름 고논
　고랑 고랑못자리 고랑배미 고래실
　고래안 고지

선생도 농사꾼도 제대로 못 되는 놈!

거의 다 모르는 말이다. 그런데 풀이말을 보면서 하나하나 가만히 다시 읽어 가면 새삼 깨닫게 된다. 일하면서 살아간 사람들의 말이 어쩌면 이토록 풍부하고 아름다운가. 삶이, 일이, 그 온갖 구석구석이 그대로 말이 되어 있다.

농기구 부분을 보면, 가령 가장 간단한 농구인 도리깨에도 부위마다 도리깨꼭지, 도리깻열, 도리깻장부라는 이름이 있다. 쟁기에 관한 말은 쟁기 몸 곳곳의 이름이나 종류 따위를 모으면 무려 스물일곱 가지다. 놀랍다. 대충 들어도 쟁기의 몸체를 이루는 것이 '술'과 '성에'와 '한마루', 손잡이를 '자부지'라 하고 보습을 술바닥에 맞추는 자리를 '게제비구멍', 술의 중간에 박아 쳐들게 된 나무를 '잡좆', 한마루에 꿰어 보습의 머리를 누르는 나무를 '아래덧방', 아래덧방을 누르는 작은 나무가 '홀아비좆'……. 절묘하다. 정말 절묘한 이름이다. 그런데 쟁기를 봐야 그 이름들을 확인할 텐데 어디서 진짜 쟁기를 보나? 요샌 거의 경운기로 밭을 갈기 때문에 잘 쓰지는 않지만 그래도 개량 쟁기는 흔하다. 우리 집에도 개량 쟁기가 있는데 이건 쇠붙이가 더덕더덕하고 볼트 너트로 조여 놓은 것이라 무슨 이름을 확인해 볼 도리가 없다. 도대체 어디서 진짜 쟁기를 보나?

어느 날, 『우리말 갈래사전』을 놓고 밤을 새워 가며 밑줄을 치고 있던 나는 새벽녘에 문득 뒤란의 봇줄 아래 있던 그 나무가닥들이 떠올랐다. 방을 뛰쳐나와 뒤란으로 달렸다. 쟁기다! 진짜 쟁기다!

진짜 쟁기였다. 성에와 술과 한마루가 제각기 빠져나와 흩어져 있었지만, 얼마나 오래 눈비를 맞았는지 많이 상했지만, 이게 바로

쟁기였다. 몸 곳곳마다 그토록 기막힌 이름을 가진, 그토록 아름다운
우리말을 간직한 쟁기.

동트기 전, 희끄무레한 빛 속에서 나는 쟁기를 제 몸대로 맞추어
넣고 고이 방 안으로 안고 들어왔다. 몇 년을 그 자리에 있었을까.
그렇게 오랫동안 바깥에서 말도 못하고 내가 나오기를 기다린
님처럼, 나는 방 안에 쟁기를 뉘고 닦고 또 닦고 보고 또 보고 만지고
또 만졌다.

그 뒤로, 농업박물관이나 여기저기서 쟁기를 보았고 농기구에
관한 책도 읽어 나는 제법 쟁기 연구를 했다. 그러나 내 쟁기만큼
이쁜 쟁기를 본 적은 없다. (1993년 10월)

선생도 농사꾼도 제대로 못 되는 놈!

# 두려운 건 오히려 '이긴 사람' 모습

김 선생님, 지난달 강원 지부 집행위 회의 때 선생님이
괴로워하시던 모습이 자꾸 떠오릅니다. 그때 원주 지회
해직교사들은 '조건 없는 복직'을 위한 농성 중이었습니다.

회의가 시작됐지요. 안건 처리 끝나고, 앉은 순서대로 돌아가며
복직에 대해 한마디씩 하는 시간이었습니다. 내 차례가 될 때까지
온갖 궁리를 다해 봤지만 도무지 할 말이 생각나지 않아 "할 말
없습니다." 하고 넘길 수밖에 없었습니다.

맞은편에 앉은, 현장 지회장 김 선생님 차례였습니다. 선생님은
너무나 괴로워하셨지요. "도대체 이러자고 5년 세월을 현장도 해직도
그 고생을 해 왔단 말인가. 후원회 선생님들 얼굴을 이제 어떻게 본단
말인가……."

선생님처럼 괴로워하는 분들도 있었고 새롭게 시작해야 한다고
다짐하는 분들도 있었지요. 한 바퀴 돈 뒤 말 안 한 사람은 그래도
한마디는 하라고 자꾸 그래서 난 어쩔 수 없이 아주 보탬도 안 되는
말을 주섬거렸습니다.

"어떤 길이 옳은지 나로서는 판단할 수가 없다. 지도부를 믿고
따르겠다. 각서 따위가 중요하다고 생각하지 않는다. 또 하나 내가

믿는 것은 젊은 교사들이다. 교육운동은, 전교조는, 젊은 교사들이
지켜 나간다. 아무도 그 불길을 끄지 못한다…….”

대충 그런 말을 했지 싶습니다.

뒤풀이 자리였습니다. 나는 구석에 누웠습니다. 앉아 있기가 힘이
들었어요. 잠이 오지 않았습니다. 김 선생님의 고통스러운 목소리가
계속 들려왔습니다. 속없어 보이는 내 말이 선생님께 상처를 줬나
싶었습니다. 일어나 나도 모르게 이런 말을 했습니다.

“선생님, 나도 그래요. 사실은 나도 억장이 무너집니다.”

지금 생각해 보니 ‘억장이 무너진다.’는 말은 내가 태어나서 처음
한 말입니다. 오래 잊고 있었지만 고향인 경상도에서는 그런 말을
쓰지요. 평생을 시장 바닥에서 리어카 위에 서푼어치도 안 되는
물건을 놓고 장사하다가 돌아가신 어머니한테서 어릴 적 듣던
말입니다. 흰 코고무신 신고 몸뻬 입고 머릿수건 두르고 새벽같이
리어카 끌고 나갔다가 캄캄해서야 들어오시던 어머니. 어머니가
어떤 때 그런 말을 했는지는 모르겠습니다.

그러나 어머니는 주저앉지 않았습니다. 날마다 억장이 무너져도
시장에 나갔습니다. 비 오는 날에는 퍼런 군용 ‘갑빠’를 둘러쓰고
리어카 위에도 갑빠를 씌우고 끌고 나가셨어요.

김 선생님. 아무도 그런 어머니의 삶이 굴욕이었고 패배였다고
하지 못할 것입니다. 오만을 피우든 겸손을 떨든 ‘이긴 사람’의
얼굴에서는 이미 끝장난 인간성이 보입니다. 내가 두려웠던 것은
오히려 그런 얼굴로 교단에 돌아가는 것이었습니다.

아닙니다. 어머니야말로 이긴 사람이었습니다. 우리 제자들이

**43**

언젠가 우리의 모습을, 지금 내가 이 억장이 무너진 때에 떠올리는 어머니의 모습으로 떠올리게 된다면 우리는 진정으로 이긴 사람일 것입니다.

김 선생님. 선생님이 기운을 내신다면 나도 주저앉지 않겠습니다.

(1993년 10월)

# 반찬

어제는 참 오랜만에 장을 봐 왔다. 뭘 해 먹을까 궁리를 하며
저잣거리를 다 훑고 다녔는데 결국 사게 된 건 콩나물 500원어치,
데친 시래기 500원어치, 두부 500원짜리 한 모, 마늘, 골파 조금.
가난한 집 장보기의 전형이라 할 만하다. 소금에 절인 오징어 한 손
사고 싶었지만 쑥스러워서 그만뒀다.

고향이 남쪽 바닷가라 어릴 적부터 젓갈을 늘상 먹고 자라
시장에서 젓갈을 보면 사고 싶어진다. 멸치젓을 주로 먹었는데 윗녘
사람들처럼 김치 담글 때만 넣는 것이 아니고 덜 삭은 멸치를 통째
고춧가루를 조금 뿌려 밥상에 올리고 꼬리 쪽부터 조금씩 베어
먹거나 밥에 얹어 먹었다. 밴댕이나 황새기는 서해안 젓갈이고 명란,
창란, 서거리는 동해안 젓갈이라 어릴 땐 못 먹어 봤다. 멸치젓
말고도 갈치속젓이란 게 자주 밥상에 올랐는데 갈치 내장으로
담근 젓갈이다. 어릴 땐 좀 께름칙해서 잘 안 먹었는데, 아, 지금
그 갈치속젓을 먹어 볼 수 있다면! 요즘은 고향 쪽으로 가도 그런
멸치젓도 갈치속젓도 구경하기 힘들다.

김치만 해도 그렇지. 멸치액젓이란 것도 담가서 먹고 있고 내
가련한 입맛도 이젠 진짜 달인 젓국 맛을 잊었지만, 비닐 병에 든

선생도 농사꾼도 제대로 못 되는 놈!

45

액젓인지 뭔지를 휙 부어 담그는 게 그게 어디 김치냐! 에라, 말 나온
김에 막 하자. 밴댕이, 황새기가 젓갈이냐! 명란, 창란, 서거리가
젓갈이냐! 나 어릴 때 먹던 멸치젓, 갈치속젓을 다오! 내게 어머니를
돌려다오! 우리 엄마가 담근 젓갈을 먹게 해 다오! 한 마리라도!

 이런! 젓갈 얘기를 하자는 것이 아니었는데, 시장 본 얘기를 하다가
이렇게 되었구나. 콩나물은 마늘, 골파 넣어 무치고, 두부는 졸이고,
시래기는 된장찌개에 넣어 먹어야지, 오늘 저녁은 상에 반찬 몇
가지를 올리고 밥을 먹어 봐야지, 그렇게 작정을 하고 찬거리 담긴
비닐봉지를 들고 자취방으로 왔다. 반찬을 한 가지 이상 해 먹은
적이 별로 없다. 파래가 날 땐 매일 파래 반찬만 해 먹고 살았다.
파래도 내 어릴 때 허구한 날 먹던 반찬이다. 여름철엔 파래가
안 나오니 된장찌개에 풋고추, 파 썰어 넣어 그냥 그걸로 밥을 먹었다.

 된장찌개…… 고향집에는 식구가 워낙 많아서 큰 가마솥에
장작불로 밥을 했는데, 밥을 안칠 때 된장찌개 양푼을 밥솥 가운데
얹었다. 밥이 다 되어 양푼을 뽑아내고 밥알이 더덕더덕 붙은 채로
밥상에 놓았는데 그 밥알을 뜯어 먹는 것도 아이들에겐 큰 재미였다.
밥물이 넘쳐 들어 좀 빽빽해진 그 된장찌개, 지금 내가 해 먹는 이게
어디 된장찌개냐!

 얘기가 또 딴 데로 간다. 무슨 말을 하다 말았지? 장 봐 와서 반찬
만든 얘길 하자는 것이었나? 그렇구나. 우선 멸치 몇 마리 넣고 된장
풀고 시래기 넣어 찌개를 끓이고, 콩나물 무치고 두부 졸일 준비를
하는데, 가만히 보니 콩나물도 두부도 다 된장찌개에 넣으면 그만
아니냐 싶다.

에라, 언제 무치고 언제 졸이냐. 배고프다. 결국 어제저녁도 밥상에 오른 건 달랑 된장찌개 하나였다.

자신을 위해서 반찬을 만들기는 참 쉬운 일이 아니다. 사랑하는 사람을 위해 밥을 짓고 반찬을 만든다면, 콩나물을 무치고 두부는 졸였을 것이다. (1994년 9월)

48

## 새로 옮긴 학교에서

일 년 만에 학교를 옮기게 되었다. '휴전선'이 얼마 멀지 않은
동해안 북쪽 끄트머리 바닷가 마을, 한 학년이 두 학급씩인 조그만
여자상업고등학교. 아이들은 거의 어부의 딸들이다. 교무실에서도
어느 교실에서도 바다가 보인다. 빨간 등대와 고깃배들도.

온갖 아픈 데가 다 헐은 몸으로 내가 여기 왔구나 싶다. 이제
여기서 이 아이들 데리고 아무 눈에도 안 띄는 정말 이름 없는
교사로 살아야지…… 아이들만 보며 숨어 살아야지…… 그러면서
한 달 보름을 보냈다. 8년 만에 담임을 맡아 처음으로 모둠일기
쓰기를 하며 아이들 글 읽고 밑에 몇 줄 적어 주는 일만으로도
하루가 어떻게 갔는지 모르게 지낸 날들이다.

신문도 책도 텔레비전도 안 보고 산다. 지금 꼽아 보니 그동안
새로 읽은 책이라고는 딱 한 권, 『옛이야기 들려주기』뿐이다. 탄복을
하면서 읽었다. 우리도 드디어 이만한 책을 가지게 되었구나,
세상천지에 자랑을 해도 되겠구나 하며. 다른 새로 나온 책들은
뒤적이다 다 덮게 되었다. 시고 소설이고 읽히지가 않는다. 읽으면
숨통이 자꾸 막히는 느낌인데 어쩌나.

중앙선 기찻길에 '또아리 굴'이라고 하는 굴이 몇 개 있다. 지금은

디젤이나 전기기관차로 바뀌었지만, 옛날 증기기관차 시절에 기차가
또아리 굴을 지나다 힘이 달려 멈춰 버리면 연기가 굴속에 차서
질식할 지경이 된다고 한다. 그런 때는 기차에서 내려 굴속 어디든
흙을 찾아 코를 대면 견딜 수 있다는 것이다. 고등학교 졸업하고
기관조사 노릇을 할 때 선배 기관사들한테 자주 듣던 얘긴데, 요즘
들어 그 얘기가 자꾸 떠오른다. 이렇게 숨이 막히는데 흙은 어디에
있나.

우리 회보 창간호에 실린 김순이의 일기, 그리고 2호에 실린
원종찬 선생님네 학교 장정호의 글이 내게는 코를 대고 숨을 쉴
수 있는 흙이었다. 순이의 글을 웃으며, 정호의 글을 울며 읽으면서
참으로 숨통이 트이는 느낌이었다. 이런 아이들의 오염 안 된 글이
사람을 살린다. 학교에서는 틈만 나면 우리 반 모둠일기를 읽는다.
어디 깨끗한 마음이 담긴 글 한 줄, 생생한 말 한마디라도 찾아내면
거기 대고 숨을 쉬어 보려고.

오늘은 일곱 모둠을 새로 짜고 새 공책을 나누어 주었다. 한 달
남짓 쓰니 찬 공책도 있고, 모둠을 바꿔 볼 필요도 있을 것 같아서.
공책 첫 장에는 우리 회보의 표지 글씨 '우리 말과 삶을 가꾸는
글쓰기'를 복사해서 붙였다. 제발 아이들아, 너희들이 그래도 단 하나
희망이란 걸 믿을 수 있게 해 주렴. 너희들의 때 묻지 않은 진정한
모습을 볼 수 있게 해 주렴.

지금 이 글을 쓰는 공책 옆 장에는 지난주 수학여행 때 버스
안에서 끄적거린 글 몇 줄이 적혀 있다.

"수학여행 마지막 날. 나흘째 차 안 '노래방' 기계가 꽝꽝거린다. 나도 아이들도 저 소리에 영혼을 다 팔아 버렸는데 내 몸 그 어느 구석에 무엇이 남아 있어 자꾸 이리 아프나. 지금 한 아이가 마이크를 잡고 모든 아이들이 따라 부르는 저 노래는 무슨 노래일까. '내 젊음의 슬픈 영화처럼 내 마음에 영원히 남아 있는 그대와의 마지막 댄싱…….' 나 역시 박자 맞춰 손바닥을 두드리며 이 아이들과 함께 어디로 가고 있나. 어떤 세상으로 가고 있나."

무엇보다도 이 절망과 싸워 내야 한다. 지더라도 싸우기는 해야 한다. (1995년 5월)

# 성자의 모둠일기

"아버지……. 강원 홍천 군업리에 살다가 주음치로 이사. 이사해서
할아버지 모시고 아버지는 농사를 지으며 사셨다. 할아버지께서
돌아가시면서 땅을 큰아버지, 아버지한테 남겨 주셨는데 큰아버지께서
마약을 하서 그 땅을 팔아 큰아버지를 주셨다. 그래서 우리 아버지는
남의 땅을 얻어 농사를 지었다. 빚은 늘어만 갔다."

두 번째 쓰는 모둠일기에 성자는 아버지 얘기를 했다. '1995년
4월 25일. 화요일(바람 분다. 저녁에 비 왔음.)'이라고 첫 줄에 적혀
있다. 공책 한 쪽 반을 쓴 일기에서 나는 성자 아버님을 처음 만났다.
성자가 초등학교 1학년 때 '학교에서 놀다 집에 가니 아버지께서
뒤란으로 나가시더니 피를 토하셨다.' 한다.

"그래서 아버지께서는 큰 수술을 하셨다. 수술하고 퇴원하실 때
의사는 술 드시면 큰일 난다고 했다. 그래서 아버지는 퇴원하고 술을
안 드셨다. 농사도 열심히 지으셨다. 그런 사이에 빚은 늘어만 갔다.
그래서 아버지는 작은 오빠를 다른 집 양자로 주기로 했다. 엄마는
양자를 주기 싫어 아버지 몰래 거진 외할머니 댁에 데려다 놓고 다시

선생도 농사꾼도 제대로 못 되는 놈!

집으로 오셨다. 아버지는 또 술을 드셨다. 그래도 아버지는 열심히
농사를 지으셨다. 그래도 빚이 늘어서 또 멀리 이사를 해서 농사를
지었다. 담배농사, 고추, 여러 가지……. 아버지는 농사지은 걸로
장에 갖다 팔아 다른 집 빚을 갚았다. 하지만 한 집만 빚이 있는 것이
아니었다. 너무 힘들어 초등학교 2학년 추운 겨울날, 아침 일찍 일어나
버스를 타고 거진으로 이사를 왔다. 돈이 될 만한 것은 팔고 옷하고
이불만 가지고 버스를 탔다.”

　　그래서 성자네는 거진읍 자산리 작은 골짝 마을에 살게 됐다. 성자
외할머니가 혼자 계시던 집이었다. 조그만 텃밭이 딸렸을 뿐, 땅은
없었고 “아버지는 벽돌공장, 공사장, 버섯 재배, 이런 일을 하시다가
힘이 없으시다고 그만두시고 산에 도라지, 고사리, 산나물 들을
꺾으러 다니셨다. 어느 날 산에 가셨다가 쓰러지셔서 힘들게 힘들게
집을 찾아오셨다. 그 뒤로 몸이 허약해서 아무 일도 못 하시는
아버지, 요즘은 어지럽다고 한다.”고 성자는 썼다. 외할머니는 오래
앓으시다가 성자가 중학교 2학년 때 돌아가셨고 요즘은 “명태를
해서 먹고산다.”고 했다. 마른 명태를 받아 와서 물에 적셔 재운 뒤
껍질을 벗기고 찢어 명태포로 만드는 일을 여기서는 ‘명태 한다’고
그러는데, 한 사람이 종일 하면 한 포대, 만 원 정도 벌이가 된다.
　　나는 여태껏 성자 같은 아이를 본 적이 없다. 여기서 그 얘기를 다
할 수는 없겠지. 성자는 해 질 녘의 산, 아침 산에 걸린 구름, 언덕에
오르면 보이는 넓고 넓은 바다, 밤하늘에 뜬 별에 감동한다. 학교에
오면 학급 일을 뭐든 찾아서 하고 집에 가면 토요일 일요일도 없이

쉬지 않고 명태 일을 한다. 지난달, 성자 어머니가 천식으로 입원을
해 문병을 갔다. 어머니는 고갯짓으로 성자를 가리키며 "막내가
없었으면 난 벌써 죽었어요." 했다. 눈물이 가득 고이며.

성자네 집에 처음 찾아갔던 날, 나는 성자 아버님과 겸상으로 밥을
먹었다. 성자가 아파서 병원에 데리고 가 봐야겠다 싶어 함께 집에
들른 길이었다. 점심때였는데 나는 꼭 그 집에서 밥 한 끼를 얻어먹고
싶었다. 처음 보는 성자 어머니한테 밥 달라고 떼를 썼다. 묵은
김치 한 사발, 풋김치 한 사발, 급히 만든 달걀찜을 올린 상을 성자
아버님과 같이 받았다. 묵은 김치도 맛있고 풋김치도 맛있어 나는
밥 두 그릇을 금방 해치웠는데, 성자 아버님은 이미 숟가락을 겨우
들 만큼 쇠약해 있었다.

그제, 성자 아버님은 돌아가셨다. 쉰일곱 해째 생일을 며칠 앞두고,
아침나절 성자가 학교 간 뒤 조용히 눈을 감았다 한다. 어제 빈소를
찾아가서 절을 올렸다. 그분은 오늘 비가 줄줄 오는데 고향
홍천 땅을 찾아 떠났다. 이제 내게는 성자를 잘 돌봐야 할 책임이
더 커졌다.

성자 아버님, 남은 일들 너무 걱정 마시고 이제는 정말 편히
쉬십시오. (1995년 8월)

# 고등학생 글쓰기 지도
– 처음 해 본 모둠일기 쓰기

내가 근무하는 학교는 앞이 바다 쪽으로 틔어 있고 뒤와 옆으로는
나무가 빽빽한 야트막한 산이 둘러싸고 있다. 학교 뒤로 난 산길을
타고 한쪽으로 조금 내려가면 제법 너른 골짜기 밭이다. 산비탈에
대숲에 폭 싸인 한 이백 평 되는 이쁜 밭이 있고, 그 밑으로 고추
들깨 옥수수 따위를 심었던 볕 잘 드는 층층밭들이 쭉 뻗쳐 있다.
대숲 밭에는 지난가을에 배추를 갈았더랬지. 수업 빈 시간에 슬리퍼
끌고 밭둑을 걸어 다니다가 배추 모종을 심고 있는 걸 보고 잠깐
일을 거들었던 생각이 난다.

반대쪽 산길로 내려가면 집이 드문드문한 동네가 있고 들판이
나온다. 여긴 산자락을 끼고 흐르는 물길이 있어 논농사를 짓는다.
집집마다 마당가에 꽃나무, 과일나무 들이 얼마나 많은지.

오늘, 둘째 시간 수업이 비어서 역시 슬리퍼를 끌고 학교
둘레를 돌아다녔다. 학교에서 기르는 개 '까미'가 따라나서서
앞서거니 뒤서거니 한다. 개나리가 핀 지는 한참 되었고 솔숲 사이
볕바른 둔덕에는 진달래가 이제 겨우 몇 송이 그 환한 얼굴을
내밀었다. 살구나무는 막 꽃망울이 터지려 하고 복숭아나무는
쬐끄만 꽃망울들을 잔뜩 맺었다. 정말 복숭아꽃 살구꽃 아기

진달래구나…….

들꽃 가운데서는 '양지꽃'이 제일 빨리 피나 보다. 노란 다섯
꽃잎으로 된 저 작은 꽃 이름은 지난해 생물 선생님한테 물어서
배웠다. 이름도 얼마나 이쁜지. 개나리 다음으로 빨리 노란 꽃을
활짝 피운 나무가 있어 들일하는 분께 물어보니 산수유나무라고
한다. 잊어버리지 말아야지. 조그만 가지를 하나 꺾어 들고 교무실로
돌아와서 보고 또 본다.

곧 수업 시간이다. 이런 날은 아이들 손잡고 산과 들을 마냥
쏘다니고 싶다.


교무실 책상에는 지난해 담임했던 아이들이 쓴 모둠일기 공책들이
쌓여 있다. 모두 스물한 권. 일곱 모둠이 세 권씩 썼는데 공책이 덜
찬 모둠도 여럿이다. 모둠일기 쓰기는 처음 해 보았고 어쩌면 그게
마지막일지도 모른다. 올해도 결국 담임을 못 맡았고 여기 강원도 쪽
학교 사정으로 봐서는 난 이제 담임할 나이가 지났으니.

지난 한 해 썼던 모둠일기에 대해 어떻게든 정리를 해 봐야지
하면서도 그동안 엄두를 못 내고 있었다. 며칠 전부터 아이들 글을
다시 읽는다. 그 밑에 내가 뭐라고 써 준 글도 읽어 본다. 나는 대관절
무슨 목표를 세우고 글쓰기 지도를 했나. 담임하는 한 해 동안 학교
와서 쉴 틈이 없었지. 날마다 일곱 아이가 쓴 글을 읽고 그 글보다
훨씬 긴 글을 밑에 쓴 날도 많다. 그런데도 글쓰기의 목표고 뭐고
없었다는 생각이 든다. 그때그때 떠오르는 생각, 그 아이에 대한
바람을 적었을 뿐. 지금 보니 쑥스러운 말도 꽤 적혀 있다. 그 가운데

선생도 농사꾼도 제대로 못 되는 놈!

그래도 내가 가장 많이 한 것이 '자연'에 대한 얘기다. 그렇다고
자연에 대해 뭘 가르쳐 보려고 한 얘기도 아니다.

　우리 학교처럼 산으로 둘러싸이고 바다를 앞에 둔 이런 아름다운
학교가 또 있을까. 아이들 집도 거의 바닷가가 아니면 산촌이다. 이런
곳에 사는 아이들이 자연의 아이로, 자연이 주는 감동을 알고 글로
쓸 수 있는 아이로 커 가기를 제일 바랐지 싶다. 이 자본의 세상이
아이들에게 들씌운 온갖 것들을 훨훨 털어 버린 야생의 모습이 보고
싶었겠지.

　상업학교 아이들도 학교 마치면 취업 준비로 학원에 다니고
밤늦어 집에 들어가기는 인문학교와 다를 바가 없다. 여기서 취업
준비로 이런저런 자격증 따기를 포기한 아이들은 인문학교에서 입시
준비를 포기한 아이들과 또 다를 바가 없다. 어느 쪽 아이들이든
틈이 나면 읍내 노래방에 몰려가는 일이 제일 재미있다고 한다.
아이들이 나무 그늘이나 풀밭에 둘러앉아 화음 맞춰 부르는 노래를
한번이라도 들어 봤으면. 이게 다 어른들이 만든 세상 꼴이니
아이들인들 어쩌겠나.

　노래방에 간 일을 쓴 모둠일기도 꽤 있다.

　"참, 선생님께 묻고 싶은 것이 있는데요, 우리들이 노래방에 다니는
것에 대해서 어떻게 생각하시는지요?"라는 글 밑에 내 대답은 이렇게
적혀 있다.

　"글쎄, 나도 '노래방'이란 델 몇 번 가 봤어. 처음엔 아주 싫었어.
미숙이가 이해할지 몰라도 '영혼을 파는 느낌'이었어. 그런데 어쩔
수 없이 몇 번 가게 되고 그러다 보니 뭐가 뭔지 모르게 되어 버렸어.

내가 처음 받은 느낌이 옳았을 거야. 그렇지만 심각하게 생각할 것
없어 까짓것!"

이쯤 되면 나야말로 교육을 포기해 버린 셈이 아닌가…….

그런데 이야기가 딴 데로 가 버렸다. 산과 바다로 둘러싸인 이곳
아이들이 자연의 아이로, 자연이 주는 감동을 글로 쓸 수 있는
아이로 커 가기를 바랐다는 얘기를 하고 있었지. 그렇게 자란
사람만이 자연을 지키기 위해 싸울 수도 있을 것이다. 온 나라 땅을
함부로 깎고 파헤치고 쓰레기장으로 만들고, 여기 이 아이들의
고향에는 핵발전소에 핵폐기장까지 들어선다는 판이니.


모둠일기장을 들춰서, 아이들 글 밑에 내가 써 준 글들 가운데
그런 내 마음이 담겨 있다 싶은 것들을 대충 골라서 그대로
옮긴다. 보니, 주로 이맘때 봄날에 써 준 글들이다. 이런 것도 삶을
가꾸는 글쓰기 지도라고 할 수 있을까. 참으로 낯 뜨겁지만 한 일이
그것뿐이고 내가 이 모양일 따름이니 어쩌랴.


4월 26일

수업이 비어서 학교 뒷산 수풀 사잇길을 한참 걷다 왔어. 철쭉, 딸기꽃,
양지꽃 들이 무리 지어 한껏 피어 있더구나.

봄이야. 영선이도 한번 크게 기지개를 하고 산과 들과 바다를 보렴.
영선이는 너무 꽁꽁 웅크리고 있어.

자, 기지개 시-작. 그리고 다음엔 활짝 열린 마음으로 힘찬 글을 써
보세요.

4월 26일

경주야.

여기에 사진을 붙여 놓은 건 아무래도 지나치다 싶어 내가 떼어 냈다.
모둠일기장에 연예인 사진을 붙이기 시작하면 우리가 힘들여 '삶을
가꾸는 글쓰기'를 할 뜻도, 자리도 없어질 테니까.

무슨 얘기를 하면 좋을까. 아무 할 말이 생각 안 나서 학교 뒷산 수풀
사잇길을 한참 걷다 왔어. 철쭉이 활짝 피었더구나. 숲길에 깔린 마른
솔잎 위에 앉아 이런저런 생각을 해 봐도 그냥 자꾸 마음만 아팠어.

너희들을 만나 가슴 부풀어 모둠일기 쓰기를 시작하며 내가 가졌던
꿈이 헛된 것이었을까…….


4월 27일

역시 희야가 쓴 글은 대단하다. 이렇게 쓴 글도 정말 재미있지만
한 가지 일을 아주 자세히 쓰는 연습도 해 보렴.

이를테면, 우리 동네가 어떻게 생겼는지, 저녁이면 어떤 모습이
평화로운지, 하늘에 별이 어떻게 떠 있는지, 어제 그저께는 바람이 어떻게
불었는지 하는 좀 더 자세한 얘기로 적어 보는 거야.

생각이 떠오르는 대로 한꺼번에 쫙 써 나가는 일도 필요하고, 또 아주
꼼꼼히 그려 보는 일도 필요해. 글쓰기 공부처럼 좋은 공부, 재미있는
공부도 없을 거야.


4월 28일

지영아.

진짜 봄이야. 오늘 토요일이지? 산길이나 들길을 한번 걸어 봐.
친구가 없으면 혼자라도. 하늘도 보고 들꽃들도 보고 나무들도 보고.
지영이는 들꽃 이름을 몇 가지나 알고 있어? 나는 아는 들꽃 이름이
거의 없어서 누구한테든 하나하나 물어서 배워 볼 작정이야. 엊그제는
'양지꽃'이라는 꽃 이름을 하나 배웠어. 노란 작은 꽃인데 요즘 산기슭에
한참 피었더구나.

사람들이 살아가는 모습이나 자연을 관심 있게 살펴보면 쓰고 싶은
글이 많이 생길 거야. 토요일 일요일 즐겁게 보내.


4월 28일

정녀야, '할 말'이 없을 때는 이렇게 해 봐.

1. 일하고 글쓰기

설거지든 청소든 밥 짓기든 반찬 만들기든 부모님 일 거들기든 일을 한
다음 그 얘기를 쓰는 거야. 좋은 글을 쓸 수 있는 가장 확실한 방법이야.

2. 본 것 쓰기

산길을 걸어 보거나 바닷가에 가 보거나 어판장에 가 보거나 아니면
늘 다니는 길이라도 자세히 살펴보고 그 얘기를 쓰는 거야. 그렇게 쓰다
보면 자연스레 '할 말'도 생겨. 다른 친구들도 할 말이 없다 싶으면 이런
방법으로 글을 써 봐. 자신도 깜짝 놀랄 만큼 생생한 글이 써질 거야.


5월 1일

경실이가 방에서 듣는 개구리 울음소리가 지금 내 귀에도 막 들리는
것 같아. 저지난해 내가 아주 시골에서 농사짓고 살 때 이맘때면 개구리

소리 때문에 정말 잠을 못 잤어. 방문을 열면 하늘엔 별, 땅에는 개구리 울음만으로 세상이 온통 가득 차 있었어.

경실이 집이 송정리지? 한번 가 보고 싶구나.

※ 경실이 글에 정말 토실토실 살이 많이 붙었구나. 아이구, 반가워라.


5월 23일

은경아, 지금 창밖엔 초여름 햇볕이 쨍쨍하고 학교 옆 언덕바지에는 아카시아꽃이 한창이구나. 활짝 갠 마음으로 하늘도 바다도 산도 보면서 살고 싶구나. 저 아름다운 자연을 보면서 노래도 부르고 그림도 그리고 글도 쓰고 싶구나. 그런데 우리 마음은 왜 이리 닫혀 있지? 왜 그런지 은경이가 대답을 좀 해 주렴.


6월 1일

상추씨를 뿌리고 싹이 돋기를 기다리고 상추에게 얘기도 걸 수 있는 진환이 마음이 참 이쁘다. 선영이와 미선이, 좋은 친구들과 공부도 열심히 해. 공부할 때 누가 먼저 수다 떨기 시작하는지 나한테 일러 줘. 아마 선영이일 거 같아. 내가 혼내 줄까?


6월 3일

유정아, 토요일이야. 비가 줄줄 오네. 난 바다 위에 마구 쏟아지는 비를 보는 게 그렇게 좋아. 집에 가는 길에 바다를 볼 수 있으니까 지금 마음이 막 부풀어 있어. 토요일도 놀고 싶다고? 난 이틀 동안이나 너희들을 못 보는 건 싫어. 방학도 없었으면 좋겠어. 약 오르지?

6월 13일

진환아, 난 아주 좁은 아파트에 살아. 나무가 잔뜩 있는 집에 사는 게 꿈이지. 나무 얘기라면 암만 들어도 싫증이 안 나.

나무뿐만이 아니지. 난 너희들이 자연에 대해서 아주 많은 글을 썼으면 해. 바다나 하늘, 산과 들……. 우리 동무들은 아름다운 자연과 아주 가까이 살면서 마음은 자연을 너무 떠나 있는 것 같아. 그것처럼 슬픈 일이 없어.

아이들의 모둠일기는 얼거리라도 그런대로 짜서 쓴 글이 거의 없다. 학급문집으로 엮어 볼 만한 글을 가리기도 어려웠다. 그러나 지금 읽어 보면 아이들은 나름대로 온 힘을 다했고 공책 한 쪽 한 쪽마다 나에 대한 믿음을 적어 주었다. 그런데 나는 뚜렷한 목표와 꼼꼼한 계획을 세운 좋은 글쓰기 교육으로 아이들을 지도하지 못했다. 마음이 아프다. 이 아이들을 한 해 더 맡을 수 있었더라면. 딴 아이들 담임이라도 한 해 더 맡을 수 있었더라면.

그래도 나로서는 눈이 번쩍 뜨이게 반가웠던 글도 더러 있었다. 그 가운데서, 이런 글을 쓰는 아이야말로 참으로 자연의 아이다 싶은 '성자'와 '희' 이야기를 조금만 하자.

집에 가는 길

지성자

선생님 종례를 마치고 가방을 둘러메고 학교를 나선다. 외톨이처럼

계단을 한 발 한 발 내려온다. 이십오 분쯤 걸어야 집에 닿는다. 집에
오는 길에는 충혼탑이 있고 또 공설운동장이 있다. 그리고 넓은 바다가
보인다. 혼자 한 발 한 발 걸으면서 학교에서 한 일은 무엇인가, 또
어떻게 지냈는가, 집에 가면 어떤 일이 있지는 않은가, 이런 생각을 하고
입으로는 못하는 노래를 흥얼흥얼하면서 천천히 걸어간다. 충혼탑까지
오면 넓은 바다가 보인다. 저 넓고 넓은 바다에 가 보고 싶은데 언제쯤
가 볼까? 또 오른쪽으로는 높은 산이 있다. 아침에 산에 걸린 구름을
보면 너무나 아름답다. 그리고 해 질 녘은 황홀하다. (……) (4월 1일)

이어서 수학여행에 관한 얘기를 했는데 나는 위에 든 부분이
너무나 좋아서 막 흥분하여 그 글 밑에 이렇게 써 주었다.

성자가 쓴 글은 정말 아름다워. 시가 되어 있어. 내가 성자의 글을
그대로 시로 적어 볼게.

집에 가는 길

종례를 마치고
가방을 둘러메고 학교를 나선다
외톨이처럼 계단을 한 발 한 발 내려온다
집까지는 걸어서 이십오 분
충혼탑이 있고 공설운동장이 있고
넓은 바다도 보인다

한 발 한 발 걸으며

학교서 한 일은 무엇인가……

집에 가면 어떤 일이 있지는 않은가……

못하는 노래를 흥얼흥얼하면서

천천히 걸어간다

오른쪽으로는 높은 산

아침에 산에 걸린 구름을 보면

너무나 아름답다

해 질 녘은 황홀하다

충혼탑까지 오면 보이는 넓은 바다

저 넓고 넓은 바다에 가고 싶은데

언제쯤 가 볼까


글쎄, 이런 것도 시 쓰기 지도가 되는지, 이런 식으로 해도 되는
건지 모르겠다. 성자는 그 뒤로도 기막힌 집안 이야기, 눈물겹도록
맑고 꿋꿋한 삶의 이야기들을 계속 들려주었다. 나를 가르친 아이다.


살아온 얘기

이희


오늘 일기는 내가 살아온 얘기를 쓰고 싶다. 난 어릴 때부터 좀 별났다.
어릴 때는 엄마가 화장실도 못 가게 붙어 지냈다고 한다. 내가 어릴 때는
부모님이 많이 싸우셨다. 그래서 오빠, 나, 동생은 엄마 없이 지낸 적이

선생도 농사꾼도 제대로 못 되는 놈!

많았다. 엄마가 제일 생각날 때는 운동회 날과 소풍날이었다. 더구나 소풍날 엄마가 싸 준 도시락을 먹는 아이들을 볼 때 너무 슬펐다. 엄마는 지금 집에 들어오셨다. 우리 셋 때문에 엄마는 우리 없이는 어디로 못 간다고 한다.

내 어릴 적 기억나는 것이 있다면 동네에서 계속 친하게 지내 온 친구 정숙이라는 아이가 있었는데 항상 그 아이와 붙어 다녔다. 학교 다닐 때 차비를 모두 과자 사 먹어 둘이 걸어오면서 군부대 아저씨가 건빵 한 봉지 주면 그걸 똑같이 나누어 먹은 생각이 난다.

비가 막 내리는 날이었다. 우리 동네 과수원이 있는데 학교에서 비를 맞고 오다가 배나무를 보고 배가 너무 먹고 싶어 그 진 땅을 기어서 배를 두 개 따서 산에 올라가 먹은 적도 있다. 여름이 되면 해가 뜨기 시작할 때부터 캄캄한 저녁까지 물에서 지냈다. 아침 점심 저녁을 모두 냇가에서 다 먹었다. 어떻게 먹었냐면 우리 동네 냇물 가까이에 밭이 많아 옥수수 감자 고구마 수박 자두 따위를 서리해서 먹었다. 그때는 그게 나쁜 짓이란 생각은 전혀 못 했던 것 같다. 그저 재미있었을 뿐.

참, 여름이 되면 꼭 엄마와 외갓집에 갔는데 막내 외삼촌이 내 동생과 나보고 깜둥이라고 놀린 기억도 난다.

(……)

내가 어릴 적 겨울에는 아이들과 논에 얼은 얼음 위에서 잡기 놀이도 하고 산꼭대기에 올라가 비료 푸대로 썰매도 탔다. 눈이 많이 내릴 때였는데 동네 오빠가 토끼 잡으러 간다는 말을 듣고 따라갔다가 산에서 세 시간을 헤맨 적이 있다. 그때 산에서 죽는 줄만 알았다. 그 뒤론 토끼 잡으러는 죽어도 안 따라간다.

겨울이 되면 제일 재미있는 일은 얼음배를 타는 거다. 동네 아이들을 따라 집에서 도끼를 하나씩 가지고 가서 얼음을 크게 조각내어 물 위에서 얼음배를 타는 느낌, 타 보지 못한 사람은 모를 거다.

난 먹는 걸 아주 좋아한다. 그래서 집에 있는 날이면 냉장고에 있는 모든 걸 꺼내 놓고 요리를 해 댄다. 하지만 끝에는 반 이상이 쓰레기통에 들어가고 만다. 내가 깨 먹은 그릇과 태워 먹은 냄비를 세어 본다면 정말 셀 수가 없다.

내 꿈은 아주 소박하다. 아니, 소박하지 않을 수도 있다. 나는 바다가 보이는 조그만 집에서 집 바로 앞에는 꽃밭을 만들고 동물들을 많이 키우고 싶다. 한마디로 말해서 사람도 없고 차도 없고 아주 조용한 곳에서 살고 싶다는 거다.

(……)

지금까지 살면서 제일 무서웠던 적이 있다. 학교에서 걸어오다 동네 아저씨가 경운기를 태워 준다고 타라고 해서 다른 아이들은 다 타고 나중에 내가 그 경운기 뒤에 발 하나를 올려놓았을 때 그 아저씨가 다 탔는 줄 알고 경운기를 몬 것이다. 난 다리 하나를 경운기 뒤에 건 채 질질 무지 많이 끌려갔다. 그때 같이 오던 아이들이 말해 주었으면 좋았을 텐데 그 아이들도 나를 못 봤다고 한다. 나중에 뒤에서 오던 차가 가르쳐 줘서 살았다. 난 그때 시집도 못 가 보고 죽는 줄 알았다. 끌려갈 때 책가방이 내 머리를 받쳐 주지 않았더라면, 으 생각도 하기 싫다.

더 할 얘기가 무지 많다. 어릴 때는 왜 그렇게 재미있는 일이 많았는지. 밭에서 무 파내 먹은 일, 엄마와 깨 턴 일, 산딸기 따 먹은 일, 뽕 따 먹은 일, 교회 수련회 간 일, 여름 성경 학교, 크리스마스에 생긴 일, 너무 많다.

선생도 농사꾼도 제대로 못 되는 놈!

**65**

하지만 이만 줄일 거다. 너무 많이 쓴 거 같아서. (4월 4일)

희는 한번 펜을 들면 놓아지지 않는다고 했다. 이 글도 공책 다섯
쪽에 빽빽이 썼는데 중간중간 흐름이 딴 데로 간 부분을 빼고
절반가량으로 줄여 실은 것이다. 그냥 막 써 간 글이라 내가 여기저기
다듬어 준 데도 많다.

이 아이는 진부령 올라가는 길가 조그만 동네에 산다. 버스를
두 번 갈아타고 통학을 하는데 학교에서는 늘 뒷자리에 숨은 듯이
앉아 있어 아무 눈에도 안 뜨인다. 그런 아이한테서 이렇게 살아
있는 말이 끝도 없이 콸콸 쏟아져 나오다니. 차례가 오면 늘 거의
그 정도 분량의 글을 써냈다. 얼거리 짜기나 글다듬기 공부를 왜
같이 못 했을까. 나는 겨우 말을 조금씩 고쳐 주거나 몇 마디 적어
주는 게 고작이었다. 앞에 내가 적어 준 글이라고 옮겨 놓은 것
가운데 4월 27일 날짜로 된 것, 그런 정도다. 그날 희는 자기 동네
이야기, 별 이야기, 바람 이야기를 썼다.

아이들은 주로 그 또래의 온갖 고민들을 모둠일기에 적었다. 가정
문제, 진로 문제, 친구 문제, 남자 친구 문제들. 그런 쪽 이야기는 또
다른 자리에서 할 수 있을 것이다. 지금 이 아이들은 3학년이다.
1, 2반으로 흩어져 있는데, 일주일에 두 시간 불어 수업을 들어가면
내가 맡았던 아이들은 눈만 봐도 그 영혼을 다 알 듯하다. 이제
9월이면 현장실습이라고 모두 학교를 떠나게 된다. 어느 도시로
가든지, 어떤 세상에 놓이든지, 늘 이곳의 산과 들과 바다가

마음속에 있기를. 고된 하루가 끝나 어디든 몸을 누일 곳으로
돌아오면, 고향의 말, 살아 있는 모국어로 그날 일을 공책에 적는,
글쓰기로 다시 힘을 얻는 아이들이 되기를. (1996년 5월)

선생도 농사꾼도 제대로 못 되는 놈!

나는 남쪽 바닷가에서 자랐고 지금도 동해 바다를
끼고 살지만 언제부턴가 바다를 못 견뎌 한다.
쑥스러운 말이지만, 끝없는 바다 앞에 서면 너무나
외롭고 두려운 것이다. 도회지는 말할 것도 없고
아주 너른 들판을 봐도 그렇다. 아무래도 내가
눈물 씻고 안길 품은, 괭이로 일궈 곡식 심어 먹는
산자락이다.

사잇골에서

## 사잇골에서


저녁밥 짓는 시간을 벌고 싶어서 퇴근길에 짜장면을 사 먹었다.
짜장면 곱빼기를 시켜 후딱 먹어 치우고, 식당 옆 반찬 가게에서
꼴뚜기젓 반 근을 이천 원 주고 사서 차를 몰고 사잇골 오두막에
닿으니 여섯 시 사십오 분. 일옷으로 갈아입고 텃밭에 나갔다. 토요일
일요일 말고는 일할 시간이 새벽이나 저녁때밖에 없으니 백 평도
못 되는 텃밭과 집에서 좀 떨어진 이백 평 남짓한 냇가밭 가꾸기도
버거워 정신을 못 차린다.


나는 올봄에 양양군 강현면 간곡리, 본래 이름이 사잇골이라고
하는 골짝 마을로 옮겨 와 식구들과 떨어져 살고 있다. 병풍산이라는
산자락에 육이오 때 지어서 사람이 살다가 십 년을 비어 있었다는

집 한 채를 구한 것이 지난겨울이었다. 다 기울어진 외양간을 허물고, 여기저기 뚫린 흙벽을 메우고, 없어진 문짝을 얻어 달고, 내려앉은 마룻장에는 합판을 덧깔았다. 마당은 동네 쓰레기장이 되어 있었고 텃밭가에는 삽질하는 데마다 비닐 뭉치와 농약병들이 묻혀 있어 그걸 쳐내면서 그냥 주저앉고 싶은 때가 한두 번이 아니었다. 뒤꼍은 산자락에 이어져 있어 칡넝쿨 찔레 덤불 천지였다. 집 뒤 장독대 옆으로 서 있던 대추나무 앵두나무는 넝쿨에 감겨 넝쿨을 뒤집어쓴 채 죽었고, 그 넝쿨이 죽은 나무를 타고 지붕 위에까지 올라와 엉켜 있었다.

어쨌든 그러구러 해서 이젠 살 만한 집이 되었다. 손님들이 우스갯소리로 대궐 같다고 할 정도니. 냇가밭에는 고추, 감자, 고구마, 옥수수, 콩을 심었다. 텃밭에는 배추, 무, 아욱, 상추, 쑥갓 따위 남새를 솎아 먹자고 뿌렸고 오이, 수박, 참외, 토마토, 가지, 줄강낭콩도 몇 포기씩 심었다. 그리고 비닐 덮어 심은 고추와 맨땅에 심은 고추가 어떻게 달리 자라나 보려고 각각 열대여섯 포기씩을 심었다. 마당가에는 호박, 박, 수세미를 심었는데 머위는 저절로 자라 산자락이며 집 둘레에 지천이다. 거름을 마련하지 못하고 시작한 농사라 잘 가꾸기보다는 우선 살리기라도 하는 게 급한 일이다.

텃밭에 섶 세우는 일을 여덟 시까지 했다. '섶'이라는 말은 '덩굴지거나 줄기가 가냘픈 식물을 받쳐 주기 위하여 곁들어 꽂아 두는 막대기'라고 사전에 나와 있는데 동네 분들께 물어도 그런 말은 들은 적이 없다고 한다. 다들 '지주'라고 하고 농사 책에도 그렇게 나와 있다. 섶이라는 말이 다른 지방에서는 쓰이는지.

여덟 시면 어둑어둑해진다. 일을 좀 더 할 만한데 밭에 있으면 온갖 물것들이 달겨든다. 윗도리도 뚫고 아랫도리도 뚫고 물어 대니 일손을 놓는 수밖에 없다. 그래도 발이 안 떨어져 캄캄해질 때까지 물 주는 일을 했다. 가물어서 큰일이다. 비가 올라나. 하늘이 잔뜩 흐리기는 한데.

외양간 헐은 나무 중에서 쓸 만한 것은 따로 쌓아 두고 나머지는 패서 땔나무로 하고 있다. 한 삼태기 담아다가 아궁이에 불을 지폈다. 아직은 방바닥에 찬 기운을 가시게 해야 잠을 잘 수 있다. 아궁이 앞에 쪼그려 앉아 불을 때다가 일어나서 장갑을 빨아 마당 빨랫줄에 널고 속옷은 빨아 부엌 빨랫줄에 널었다. 양말은 하루 더 신기로 하고.

아침밥 쌀을 안쳐 놓으려는데 메주콩 한 움큼 남은 것이 눈에 띄었다. 냇가밭에 심고 남은 콩이다. 메주콩과 쌀을 섞어 안쳐도 되나? 한 알 깨물어 보니 그리 딱딱하지 않아 씹을 만하고, 비리지만 고소하다. 에라, 섞어 버리자. 쌀 안치고 대충 씻고 들어와 방 쓸고 닦고, 다시 걸레 빨아 와서 마루 쓸고 닦고, 다시 걸레 빨아 부엌에 두고, 방문 닫고 앉으니 열시 반.


여기 와서 책상 앞에 앉아 본 적이 없다. 일 마치면 바로 잔다. 새벽에 일찍 깨어 일어날 욕심 때문이기도 하지만, 방에 불을 켜 두면 산 밑이라 그런지 온갖 벌레들이 들어온다. 문을 늘 닫아 두고

문풍지를 겹으로 발랐는데도 제 문짝들이 아니어서 워낙 틈새가
많고, 틈새도 막는다고 막았는데도 어디론지 들어온다. 그쯤은 견딜
만해도 또 못 들어온 나방들이 창호지 문에 부딪는 소리, 문에 붙어
날개 떠는 소리에 그만 지고 만다. 엄지손가락 한 마디 크기는 되는
풍뎅이는 대체 어디로 들어오는지. 한두 마리씩은 늘 방 벽에 붙어
있다. 빗자루로 쓰레받기에 쓸어 담아 마당에 던지면 뒤집어져도
돌멩이처럼 꼼짝 않는다. 저 속에 목숨이 들었다니.

풍뎅이 한 마리를 쓸어 담아 버리고 불을 끄고 누워 이런저런
생각들. 김종만 선생이 자꾸 떠올라서 혼자 얘기하다가 잠이 들었다.

…… 종만이 아우, 나는 여기 와서 처음엔 풍뎅이도 몰랐어. 쓸어
내면서도 무서워서 보지도 못하고 언젠가 아우가 놀러 오면 이게
무슨 벌렌지 물어봐야지 했어. 농사짓는 흉내를 내면서도 아우한테
묻고 싶은 게 너무나 많았어. 나는 아는 게 이리 없으니 틀리게 알고
있는 것도 있을 리 없고 그러니 누가 고쳐 줄 것도 없는 놈이야.
사는 꼴도 온통 잘못되어 있으니 누가 어디 한 군데 붙잡아 꾸짖어
줄 수도 없는 놈이야. 이건 결코 내가 나를 낮추자고 하는 말이
아니야. 아우는 고쳐 주고 꾸짖어 줄 데가 있으니, 그리고 그래 주는
선생님이 있으니 나는 아우가 너무나 부럽구나…….

잠결에, 나도 한 마리 벌레에 지나지 않는다는 생각이 언뜻 들었다.
무슨 큰 깨달음이라도 얻은 듯하여 안심하고 편히 잤다.
첫닭이 울어 잠을 깼다. 뒤꼍으로 난 방문을 열고 툇마루에

서서 산을 보며 오줌을 누었다. 첫닭이 울 즈음 산새들도 깨어나
운다. 산이 희푸름하게 겉모습을 드러낸다. 이불 개고 옷 주워
입고 마당으로 나갔다. 호미를 찾아 들고 냇가 감자밭 매러 가는데
빗방울이 후드득 떨어졌다. 아이구, 반갑고 고마워라.

마루 끝에 앉아 새벽 비 구경을 하는데 금세 그친다. 다시 호미
들고 집 앞 골목을 나서니 또 후드득 떨어진다. 오늘은 마당과 뒤꼍에
풀이나 베자. 호미를 낫으로 바꿔 들고 밀짚모자로 비를 가리고
풀베기를 했다. 뒤꼍에 칡넝쿨은 하루에 한 뼘 넘게 자라지 싶다.
가는 대나무까지 배배 감고 올라가는 칡넝쿨은 볼 때마다 섬찟하다.
찔레도 아무리 베어 내도 다시 돋는다. '하얀 꽃 찔레꽃은 맛도 좋지.'
하고 노래로 부르던 그 찔레가 아니다. 지난겨울, 칡넝쿨 찔레 덤불을
걷어 내느라 죽자 살자 싸우고 있을 때 옆집 아저씨가 무슨 약을
쓰라는 얘기를 했다. 아무래도 그럴 수는 없으니 이런 일은 비 오는
날 몫인가 보다.

여섯 시 반. 전기밥솥 눌러 놓고 찬물에 머리 감고 땀과 비에 젖은
옷을 갈아입었다. 작은 냄비에 멸치 몇 마리 담아 물 붓고 된장
풀어 불에 올리고, 머위 몇 줄기 베어 껍질 벗겨 넣고, 구덩이에서
솎아 낸 애기 손바닥만 한 잎이 붙은 호박 몇 줄기, 그리고 배추 몇
잎 뜯어 넣었다. 아욱은 아직 떡잎이다. 아침밥을 먹는데 밥에 섞인
메주콩이 아무래도 입에 설다. 섞어 안치는 게 아니었나 보다. 그래도
먹는 수밖에. 꼴뚜기젓은 들큼하여 입에 안 맞는다. 언제쯤 남쪽
바닷가 고향에서 먹던 멸치젓, 갈치속젓을 먹어 보나. 된장국은 너무
진해서 물을 더 붓고 다시 끓여서 한 사발 그득 퍼먹었다. 토요일이라

도시락은 안 싸도 된다.

일곱 시 반에 집을 떠나 골짝 마을을 지나서 동해 바다를 끼고
한 시간 십 분을 달려 학교로 왔다. (1996년 6월)

# 다시 쓴 글

퇴근하고 우리 동네 어귀까지 오면 벌써 어둑어둑하다. 해가
짧아졌다. 집으로 들어오는 돌담길을 감나무 잎사귀들이 덮고 있다.
오늘 바람이 많이 불었나? 어제는 감나무 잎이 이렇게 떨어진 줄
몰랐는데. 아직 푸른빛이 얼룩얼룩 반쯤 남은 잎들이다. 감나무는
단풍도 덜 든 잎을 어찌 이리 떨구는지.

집 마당에는 온 데 냉이가 돋아나 깔렸다. 김매느라 꿈에도
시퍼런 풀 줄기가 보이던 더운 철이 지나 마당을 덮던 풀도 이제
숙지근해졌는데, 그 자리에 냉이가 저렇게 돋았다.

마당가에 해바라기들이 깊이 고개를 숙이고 섰다. 자신을 너무도
괴로워하는 사람의 모습이다. 해바라기 곁에 나란히 서서 나도
고개를 그만큼 숙여 본다. 해바라기가 '아서라.' 한다.

앞집에서는 콩 타작을 한다. 우리 집 콩은 아직 베지도 못했는데.
아까 오다 보니 마당에 천막을 깔고, 전깃불을 켜 놓고, 아저씨와
아주머니가 맞도리깨질을 하고 있었다. 가서 일을 거들까? 콩 타작을
거들고 들어와서, 그 얘기를 바로 글로 쓰면 어떨까 하는 욕심도
생긴다. 그런데 저녁밥 먹을 때라 좀 어정쩡하다. 배도 고프다. 그냥
밥을 안치기로 한다.

강낭콩 넝쿨을 더듬어 한 움큼 꼬투리를 딴다. 한 꼬투리 안에
두 알이나 세 알, 흰색 갈색 검은색이 무늬져 섞인 곱디고운 빛깔과
큼직한 모양새. 그냥 보고만 있고 싶지 참 먹기 아까운 콩이
강낭콩이다. 텃밭가에 세운 섶을 타고 여름내 붉은 꽃을 피우더니.
지붕 위까지 타고 오른 수세미 노란 꽃과 어우러져 사람 넋을 다
빼앗더니.

강낭콩 섞어 밥을 안치고, 마루에 널어놓은 고추를 거적째 둘둘
말아 윗방에 들이고 다시 펴 넌다. 고추가 구덕구덕해지면 가위로
따개서 바싹 말리게 된다. 이 고추는 그제 따 왔으니 며칠 더 말려야
한다. 한 거적 널은 고추를 따개는 데 꼬박 세 시간이 걸린다.
대엿새에 한 번은 자정을 넘기며 고추 손질을 해야 한다. 거창에
길택이는 올해도 고추농사를 지었나? 언제 만나서 고추농사 얘기를
같이 해 봤으면. 그러고 보니 지난 토요일, 길택이가 보낸 『하늘숨을
쉬는 아이들』을 받고 책을 손에서 놓을 수가 없어 콩을 못 거두고
말았다. 밤을 거의 새운 건 두고라도 길택이는 내게 적어도 한나절
일 빚이 있는 셈이다.

갓김치와 호박 넣은 된장국으로 부뚜막에서 저녁밥을 먹는다.
오늘은 아무 한 일도 없이 이렇게 따신 밥을 먹는구나. 학교에서도
아이들한테 선생 노릇 제대로 한 것이 없다. 오늘 학교에서 지난
글쓰기 회보 묶음을 읽었다. 1994년 3월호에 복직된 회원들 이름이
쭉 나온 것을 다시 보게 되었는데, 그 위에 이런 글이 적혀 있었다.
'이제 아이들과 못다 한 사랑 나누소서.' 눈물이 났다. 나는 사랑을
잃었나.

78

내일 점심 도시락을 퍼 놓는다. 밥솥에 조금 남은 밥은 아침에 먹으면 된다. 설거지하고 씻고 방으로 들어온다. 앉은뱅이책상 앞에 앉는다.

도리깨질 소리는 그쳤다. 키로 콩 까부는 소리가 들린다. 논농사를 짓는 분들이니 요즘 눈코 뜰 새가 없으시겠지. 이번 주말에는 나도 콩 타작을 해야 한다. 내일부터 새벽에 콩을 베고 묶어 세우는 일을 해야지. 마늘은 언제 심나. 배추벌레도 잡아 줘야 하고, 조금 심은 들깨도 털어야 한다. 그리고 오늘 밤에는 무슨 일이 있어도 글을 써야 한다.

종이를 꺼내 오늘 밤 써야 할 글 제목을 적는다. 그동안 대충 생각해 두었던 이야기에 맞는 제목이 잘 떠오르지 않는다. '삶의 어려움'이라고 써 본다. 말법에 안 맞는 것 같다. '어려운 삶'이라고 써 본다. 뜻이 안 맞는 것 같다. 삶이 어렵다는 이야기를 하고 싶었다. 삶이 어렵다, 어떻게 살아야 할지 모르겠다, 자꾸 교육에 희망을 잃는다, 세상에 희망을 잃는다는 말을 하고 싶었다.

제목 자리는 비워 두고 그 아래 몇 줄 쓰다가 지워 버린다. 삶을 탓하려 하다니. 언제 온몸으로 삶을 끌어안아 본 적이나 있었더냐. 사랑해 본 적이나 있었더냐. 불을 끄고 뒷문을 열고 어두운 산을 본다. 상수리나무가 서걱거린다. 두 시가 넘었다.

다시 불을 켜고 책상 앞에 앉는다. (1996년 10월)

# 책 읽고 일하는 이야기

토요일 오후. 주번이라 여섯 시까지 학교에 있어야 해. 올해 들어
가장 더운 날씨야. 낮 기온이 삼십삼 도까지 올라간다고 했어. 팔자가
늘어졌구나, 이런 날 콩밭을 매고 있으면 안경알에 땀이 고여 세상이
온통 뿌옇게 어른거릴 텐데. 그런데 창 너머 드높은 하늘과 드넓은
운동장, 저 말갛게 보이는 세상이 어째 자꾸 남의 세상 같기만 하니?

학교 잔디밭을 보고 있으니 콩밭에 돋는 바랭이 생각이 나.
바랭이도 처음 깔리기 시작할 때 멀찌감치서 보면 빛깔이 얼마나
곱다고. 풀빛이 오죽 고와? 그런데 풀 맬 때를 놓쳐 바랭이 뿌리가
곡식 뿌리에 엉겨 버리면 이건 호미로 매지도 못하고 손으로
쥐어뜯어도 잘 뜯기지가 않아. 옆이 풀섶인 밭 가장자리가 거름기도
없을 때 그 지경이 되는 경우가 많아. 남부끄럽지. 곡식한테도
바랭이한테도 부끄러워. 땅이 걸면 바랭이도 얼마나 부들부들하다고.
있어도 그만이야. 살겠다고 마른 땅에 악착같이 엉겨 붙은 바랭이를
쥐어뜯고 있자면 정말 속이 상하지. 동네 분들이 지나가다 그러고
있는 꼴을 보면 한 말씀씩 하셔.

"아유, 풀이 매련도 없어유. 약통을 아주 지고 살아야 해유."

'매련 없다'는 말은 여기 농사짓는 분들이 아주 많이 써. '마련이

아니다'는 말을 그렇게 하지 싶어. 지난해 가을걷이 때는 무슨
장마철처럼 비가 내렸어. 볏단 콩단을 널었다 들였다 씌웠다 걷었다
하며 집집에서 "아이구, 다 썩어 가고 매련 없어유." 했지. 정말 매련
없더라. 나도 그때 비를 철철 맞고 있는 콩단을 보며 밭고랑에 서서
다짐을 했다니까. "이제 볕에 널어 말리는 곡식 농사는 죽어도
안 짓는다!" 그런데 올해 또 콩을 오백 평이나 심었구나.

　제초제로 농사짓는 문제는 어떻게 풀어야 할까. 사잇골에는 스무
몇 집이 사는데 농사짓는 젊은이는 우리 윗집에 딱 한 사람이야.
나야 뭐 어중이 농사꾼이고. 어디나 그렇지만 나이 드신 분들만
들일을 하고 있어. 손이 있어야지. 어느 집이나 그야말로 아주
약통을 지고 살면서, 뿌리개 끝에 깔때기를 끼워 땅에 바싹 대고
풀약을 뿌려. 동네에 풀 매는 사람도 없고 풀이 자란 밭도 없어.
어쩌면 좋니?

　올해 우리 밭에 콩 심을 때는 글쓰기회 선생님들이 여섯 분이나
와서 함께 일을 했어. 먼 데서 이송희, 강승숙 선생도 왔지. 잘 가꾸고
잘 말려 놓을 테니 타작할 때 다시 모이자고 했는데. 농사 잘 지어
놓고 타작마당에 동무들 불러 가을볕에서 도리깨질 키질 같이하면
얼마나 좋겠어? 닭도 두어 마리 잡고. 봄에 사 넣은 병아리 아홉
마리가 벌써 볏이 빨간 중닭이 되었어.

　콩밭에 가 있는 마음을 돌려 책을 펴 들었어. 『겨레아동문학선집』
5권이야. 동요 동시를 모은 두 권은 책을 구하자마자 먼저 읽었어.
동화들은 이 책 저 책에서 눈이 끌리는 대로 읽어 나가다가 다시 첫
권부터 읽기 시작해서 5권을 읽을 참이었어.

이 선집이야말로 책장을 넘기다 보면 저절로 옷깃을 여미게 되는 그런 책이야. 편한 의자에 비스듬히 앉아 읽다가도 어느새 몸을 곧추게 돼. 온갖 지식인들이 제국주의의 힘과 문명이란 것에 넋을 잃었던 시대, 이분들은 겨레말과 겨레 삶을 이처럼 귀하게 여겨 온몸으로 끌어안고 글을 썼구나. 아이들한테서 겨레의 희망을 보고, 그 눈물겨운 희망을 한 글자 한 글자 글로 옮겨 썼구나…….

선집 5권 첫머리에 나오는 정우해의 동화도 예사 글이 아니야. 싱그러움이 글에 넘쳐. 정말 자유정신을 가진 분이 아니면 쓸 수 없는 글이구나 하는 생각이 들어. 이어서 정명남의 동화 세 편이 실려 있지.

내가 이렇게 책 읽은 이야기를 하는 까닭은 정명남의 동화들, 그중에서 「동무」를 읽은 감동을 삭이지 못해서야. 글쎄, 나는 내 감동에 자신이 없어. "뭐 그런 걸 가지고, 헤프게." 하는 소리를 자주 듣는 편이니. 읽었을 테지만 다시 같이 한번 읽어 보면 좋겠어. 원고지 대여섯 장 되는 짧은 글이니 다 옮겨도 괜찮겠지?


옥이 집과 찬이 집은 길 하나 새에 두고 맞바로 있습니다. 옥이는 학교 다니는 오빠가 둘입니다. 찬이도 학교 다니는 언니가 역시 둘입니다.

그런데 어느 날 저녁때 옥이와 찬이는 골목 양지짝 담 밑에서 소꿉질을 하며 의좋게 놀다 말고, 바늘 끝만 한 일에 틀려서 싸움이 벌어졌습니다.

"솥이랑 밥그릇이랑 내 세간 죄 다구. 난 따로 날 테야."

"떨어져 나가문 넌 작은집이다. 내가 큰집이고…… 알지?"

"얼른 세간이나 내요. 지금 한 개 빠추지 말구 챙겨 줘!"

"안 돼. 이건 못 가져간다누. 넌 다시 장만하렴."

"내 건데 왜 못 내? 응."

이렇게 옥신각신하다가 옥이가 울상을 하며 종종걸음으로 달려가더니 작은오빠 정수를 끌고 나왔습니다. 그러니까 찬이도 쭈루루 들어가더니 작은언니 명구를 데리고 나타났습니다.

"명구야, 저녁때 뭣 할래?"

"뭐 별루 일 없어. 넌?"

"나두…… 우리 버섯 따러 갈까?"

"그래, 가자구."

싸움 편 들려 누이와 동생한테 끌려나온 정수와 명구는 서로 만나자 이런 이야기만 주고받더니 손에 손을 맞잡고 골목길을 올라가 버립니다.

옥이와 찬이는 하도 어이가 없어서 멍하니 서 있다가 또 각각 제 집으로 들어갔습니다. 그래 옥이는 큰오빠 홍수를, 찬이는 큰언니 성구를 데리고 나왔습니다.

"너 저녁때 나무 어데로 갈 테니?"

"글쎄, 우리 오늘은 좀 멀리 애미산을 쏘대 볼까?"

"그래, 거길 한번 더듬자."

이번에도 찬이의 언니와 옥이의 오빠는 싸움을 해 주지 않고 자기들 할 일만 궁리하며 어깨를 나란히 지게 목발 장단 맞춰 두들기며 골목길을 내려가 버리지요.

"아이, 오빠들두……."

옥이가 중얼거렸습니다.

"이런 제길……."

찬이가 뒤통수를 긁적였습니다.

그리고 둘이는 마주 바라보자 누가 먼저고 나중이 없이 함께 똑같이
상긋방긋 웃었습니다.

"우리도 들판으로 놀러 갈까?"

"그래 그래. 들국화도 꺾구……."

옥이와 찬이는 먼저보다도 더 정답게 오손도손하며 나섰습니다.

둘이의 마음은 하늘처럼 티 한 점 없이 맑고 깨끗하게 풀렸습니다.

— 정명남, 「동무」, 『물딱총』(겨레아동문학선집 5), 보리, 1999


어때? 나는 이 글을 읽고 또 읽었어. 마주이야기 한 마디 한 마디,
글 한 줄 한 줄에 겨레말과 겨레붙이에 대한 사랑이 어쩌면 이렇게
애틋하게 배어 있나 싶었어. 향그러운 글인데도 마음이 막 아리더라.
지은이에 대해서는 '1930년대 중반부터 많은 글을 쓰면서
활동했는데 해방 뒤 활동은 알려진 것이 없습니다.'라고만 되어
있어. 어떻게 살다가 어떻게 돌아가신 분일까? 글을 보면 가난한
분이었겠다 싶지? 살림살이는 어땠을까? 어떤 방에서 어떤 종이에
이 글을 썼을까? 잉크를 찍어서 썼을까? 태어나고 자란 땅에
가진 것을 모두 바치는 마음으로 동화를 썼을 테지. 겨레 삶의
아름다움을 이렇게 온 정성으로 담아서. 옥이와 찬이가 소꿉질하는
모습 그린 것 좀 봐. 그리고 옥이 오빠들, 찬이 언니(형)들 좀 봐.
그 욕된 시대 온갖 헛것들 앞에 이분이 껴안고 맞선 우리 겨레
아이들 좀 봐.

책을 덮고 한참 지났어. 이 동화 읽은 이야기를 써 봐야지 하고

있는데 창틀에 놓인 우편물 꾸러미가 눈에 띄어. 우체부가 언제
다녀갔지? 끌러 보니 그 속에 〈우리말 우리얼〉 회보가 끼어 있어.
나는 집 주소로 받는데, 같은 학교에 있는 이은영 선생한테 온
회보야. 아이구 반가워라. 어떻게 안 뜯어 볼 수가 있겠니? 봉투에서
회보를 꺼내 쭉 훑었어. 세상에, 무너미 식구들 글이 다 들어 있네.
오늘은 읽을거리 복도 터졌구나. 정숙이는 '괜찮은 총각들이 좀
온다는 말에 솔깃해 가지고' 동강에 간다더니 거기 다녀온 얘기를
썼구나. 이런 정겨운 글들은 아껴 뒀다가 봐야지. 이오덕 선생님이
쓰고 있는 「한자말을 쓰지 말아야 하는 까닭」부터 읽기 시작했어.
지난달 글쓰기 회보에 내가 쓴 글 가운데 '수업'이니 '교시'니 하는
말이 여러 번 들어 있어 자꾸 마음에 걸렸거든. 나는 어째 아직도
그런 말에서 시원하게 못 벗어나나.

　참, 〈우리말 우리얼〉 6월호 읽었니? 「한자말을 쓰지 말아야 하는
까닭」(여섯 번째)에 보기로 나와 있는, 우리나라 시인이라는 사람들의
시 제목과 시 구절들 봤니? 나는 「동무」를 방금 읽은 눈으로 거기
옮겨 놓은 한문 글자들을 보았어. 그 느낌이라니! 우리말에 섞어
쓴 한문 글자는 영판 배추 잎에 붙은 배추벌레야. 한문 글자로 적은
말을 모아 놓은 걸 보니 이건 꼭 배추벌레 잡아 바글바글 모아 놓은
깡통 속을 보는 것 같아. 어쩌다 우리글이 이 지경이 되었나!

　그러나 내가 정작 한탄한 것은 바로 나 자신 때문이야.
이오덕 선생님이 그런 시 제목과 시 구절을 보기로 든 책이
『현대한국문학전집』(52인 시집, 신구문화사, 1972년)이야. 열여덟
권으로 된 그 전집을 나는 고등학교 2학년 때 월부로 샀어.

1967년이었으니 그때 나온 게 초판이었겠지. 공고 기계과를 다니며
부산 전포동 엿장수 골목이란 데서 자취를 하고 있을 때였어.
수십 집을 이어 지은 판잣집 앞 빈터에 저녁이면 엿 목판을 실은
손수레들이 그득했지. 그 빈터에 화덕을 만들어 엿도 고았어.
공동변소에 공동수도였지. 부엌도 없는 자취방이었는데 한 달
방세가 800원이었어. 그 전집 월부 돈이 한 달 방세하고 맞먹었던 것
같아. 그 돈 갚느라 얼마 동안인지 꽤 오래 저녁마다 찹쌀떡 장사를
했어. 왜, '참싸알 떠어억' 하며 떡 목판을 걸고 다니는 장수 있잖아.
통금 시간이 되어서야 자취방에 돌아와 천장에서 쥐들이 끝도 없이
우두두두 내닫는 소리를 들으며 그 책들을 읽었어.

　소설은 지금 거의 기억이 안 나. 손창섭, 오영수 작품이 몇 개
어슴푸레 떠오르고. 그래, 「젊은 느티나무」도 그때 읽었어. 이상하게
그 소설은 안 잊어버렸네? '그에게서는 언제나 비누 냄새가
난다.'던가, 그렇게 시작되지. 대학생 남자아이가 테니스를 하다가
들어와 샤워를 한 뒤 냉장고에서 콜라를 찾고……. 그걸 읽으며 무슨
생각을 했을까. 우스워. 난 그때 생전 머리 한번 안 감고 살았는데.
아침에만 물이 나오는 공동수도에서 양동이 줄 세워 물 받기가
얼마나 힘들었다고. 뭐 그래도 그 전집에서 소설은 나한테 별로
문제가 아니었어.

　전집 끝 권이 『52인 시집』이야. 그 시집은 아주 끼고 살았지.
허구한 날 내 딴에는 그 책을 읽는다고 읽었어. 딱한 일이야. 지금
봐도 모르겠는 한문 글자들이 저리 온 데 배추벌레처럼 붙어 있는
어지러운 글에, 그 어릴 때 어쩌자고 그렇게 눈을 박고 살았는지.

그 눈을 엿장수 골목의 이웃들에게 돌렸더라면. 내 삶과 내 부모님의
삶이라도 바로 보았더라면. 그때 찹쌀떡 장사해서 월부로 내가
산 책이 『겨레아동문학선집』이었더라면. 그때 내가 방정환의
「만년샤쓰」를 읽고 이원수의 「너를 부른다」를 읽었더라면…….

　다음 날 일요일. 아침부터 찌는 날씨야. 아이구, 땡볕에 나설
자신이 없어. 선선한 방에 앉아 책이나 읽었으면 좋겠다. 글공부도
좀 해야지 밭고랑만 긴다고 길이 보이나? 미적거리며 이 책 저 책을
뒤지다 자리에서 벌떡 일어났어. 아니야, 나는 아무래도 글공부로
길을 찾을 그릇이 못 돼. 밭으로 가자. 거기서도 길을 못 찾으면 더 갈
데가 없어. 콩밭은 북 줄 때가 되어 가. 세 잎짜리 원 잎이 벌써 서너
장씩 돋았어. 오이도 덩굴손이 나오기 시작해. 섶을 세워 줘야지.
고추도 가지를 벌렸으니 위쪽으로 다시 묶어 줘야 해.

　양지쪽에는 앵두가 익어 가네. 강낭콩은 잘 벋어 올라서 이제
진붉은 꽃이 하나둘 피기 시작했어. 참 이뻐. 놀러 와. 그런데 들깨
뿌린 자리에서는 왜 아직 싹이 안 나지? (1997년 6월)

# 길택이에게

일요일이야. 비가 추적추적 오네. 닭 모이 주고 들어왔어. 닭들은
어쩌자고 이 찬비를 다 맞고 돌아다니는지. 어두워져서 잠자려고 홰
위에 나란히 오를 때 말고는 비가 오나 눈이 오나 닭장 안에 들어갈
생각을 안 해. 젖은 깃털을 세워서 한번씩 푸르르 털면 그만이야.
암탉 세 마리에 수탉 한 마린데 암탉들한테는 이름을 지어 줬어.
흑갈이, 공주, 오골이지. 지금 자네한테 자기들 얘기를 하는 줄
아는지 수탉 놈이 울어 대네. '우끄레 우' '우끄레 우' 하고 울어.
저놈은 시도 때도 없이 우는데, 아까 보니 공주가 옆에서 알짱거리며
깃털에 뭐가 붙었는지 쪼아 주고 그러데. 겨울방학 때 동무들이
놀러 오면 잡으려고 봄에 병아리 사서 기른 놈들인데……. 참, 자넨
닭 잡을 줄 아나? 자네가 먹으려고 기르던 닭을 잡지는 못하겠지만,
동무를 먹이자고 잡기는 할 거라는 생각이 들어. 나도 그럴 수는
있을 것 같아.

오늘 비가 안 오면 지게 지고 나무하러 갔을 텐데. 자네하고
중식이가 둘이 웅크려 살려고 구했던 거창 산골 오두막에 들렀던
때가 언제던가. 지지난해 겨울이던가. 용명이하고 미화하고 같이
갔지. 마당에 푸짐하게 해 놓은 장작을 패면서 "나는 지게 지고

나무하는 게 제일 좋더라." 그랬지. 그릇이 손에 쩍쩍 들러붙는
추위였는데, 팬 장작 가져다 군불 때고 밥하고 땅에 묻은 김칫독에서
김치 꺼내고 동치미 퍼서 우리를 먹였지. 길택아, 나도 그래. 겨울이면
지게 지고 나무하러 다니는 게 제일 좋더라. 우리 동무들 모여서
그리 살았으면.

　　비가 아주 줄줄 내려. 마루에 나가서 비 구경 한참 하다가
들어왔어. 마루 위 시렁에 해바라기 여남은 송이 엮어서 걸어 뒀는데,
쥐가 입 닿을 만한 데는 군데군데 파먹었네. 여기가 동네 고양이들
모여 노는 집인데 어느 틈에 그랬을까. 자네가 봤으면 "아이고,
쥐들도 먹고 살아야제." 하겠다 싶어 그냥 두기로 했네. 너무 일찍
심어 자라지를 못한 갓이 땅에 붙어 비를 맞고 있어. 마당 구석에
쌓인 깻대도 비를 맞고.
　　지난해 봄이었나 보다. 대전에서 글쓰기 운영위원 회의로 모였을
때였지. 농사 얘기를 하다가 내가 들깨 심었다고 그랬더니 "들깨는
게으른 사람이 심는 거여." 했지. "부지런한 사람은 뭘 심는데?" "참깨
심지." 하고 자네가 웃던 생각이 나네. 진짜 그런가 봐. 난 참깨는
안 심어 봤지만, 들깨는 모종 꽂아 두면 풀 맬 일이 거의 없더구만.
곧 잎이 욱어서 밭을 덮어 버리니 고랑에 풀 자랄 새가 없어. 깻잎 딸
때면 자네 말이 떠올랐어. 올가을, 깨 털 때도 그 생각이 나서 웃었지.
올가을. 자네가 그렇게 보낸 가을이구나…….
　　점심때가 훨씬 지났어. 부엌에 나가 라면이 있나 찾아보고, 없으면
감자 몇 개 삶아 먹고 올게. 참, 경상도에서는 '자네'란 말을 보통

손아랫사람한테 써. 언젠가 내게 보낸 편지에 '자네'라고 썼기에
전라도 쪽에서는 동무한테도 쓰는 말이란 걸 알았어. 나도 이제
그렇게 쓰는 자네란 말이 좋아.


　살강을 다 뒤져도 남은 라면이 없어. 추워서 뜨뜻한 국물이 먹고
싶어 마을회관까지 가서 사 왔어. 김치라면 다섯 개를 샀는데 한 개
이백팔십 원이래. 다섯을 곱하는데, 마을회관 아저씨가 한참 해도
계산이 안 나오고 나도 몇 번 곱셈을 해 봐도 미심쩍어. 아저씨가
커다란 계산기를 꺼내 와서 두드리더니 천사백 원이래. 자네가
봤으면 "머리 써서 살긴 틀렸네. 다행이네." 했지 싶어. 자네 목소리가
그립네……. 라면 끓이고 닭장 알 둥우리에서 달걀도 하나 꺼내 깨
넣어 먹었어. 사실은, 이 글을 쓰려니까 처음부터 자꾸 라면 얘기가
하고 싶었어. 난 어째 이리 못나고 구차한 생각밖에 못할까. 그래도
그 얘기를 해 볼게.
　지난 일요일, 사북에서 자네를 보내고 남은 사람들 몇이 가까운
삼척 바닷가에서 하룻밤 자고 왔어. 삼척까지 차를 몇 대 나눠
타고 갔는데, 구병이 형님이 탄 차는 길이 어긋나 한참 늦게 닿았어.
모이기로 한 자리가 어느 찻집인데, 술도 파는 데야. 먼저 온
우리들은 저녁도 먹었고 술자리를 벌이고 있었지. 이건 자네가 내는
술이다, 하며. 형님이 오셔서 "아이구 배고파. 요 밑에 가서 라면 하나
먹고 올게." 하시더라.
　자네가 늘 그랬어. 우리 집에 왔을 때도 내가 "맛있는 거 뭐 해
주까?" 하고 물었더니 "시백아, 우리 라면 끓여 묵자." 그랬지. 같이

길을 가다가도 때가 되면 우리 어디 가서 라면이나 먹자고. 자네가
손님일 때는 늘 그랬지. 길택아, 내가 아무리 머리를 못 써도 어찌
자네나 형님을 모르겠니. 라면을 먹을 때면 '이건 정말 귀한 사람들이
먹는 음식이다.'라는 생각을 늘 해.

　어두워졌어. 한참 누워 있었어. 오만 가지 생각이 다 나. 부엌에
나가서 소주 한 병 들고 들어왔어. 변산공동체에서 가져온 된장을
안주로 지금 반병쯤 마셨어. 마저 마시고 쓸게.

　밖에서 고양이가 울어서 나가 봤어. 방문 열고 들어오라고
불렀는데 창고 쪽으로 갔나 봐. 올해 봄에 방 옆 창고에서 어느 집
고양인지, 집 없는 고양인지, 새끼를 낳았어. 네 마리야. 에미가
새끼들을 입으로 물어 내어 바깥에서 운동도 시키고 하더니, 어느새
커서는 우리 집 두엄더미 위에서 늘상 먹을 걸 찾는 애들이야.
창고는 어디 뚫어진 데를 저희들이 알고 있어서 들랑거리니 그냥
내버려 두는데, 잠도 여기서 자는지는 모르겠어. 그리고 보니, 딴 집
고양이가 아니라 우리 집 고양이가 되어 버린 게 아닐까. 그렇다면
먹을 걸 내가 줘야 되는데. 그냥 음식 찌꺼기를 두엄더미 위에
버려두면, 자기 집에서 다 못 채운 배를 여기 와서 채우나 보다
했는데.
　삼척 얘기로 돌아갈게. 그날 모두 꽤 취했을 때 송희가 나를 마구
나무랐어. 내가 '바바리코트'란 걸 입은 꼴이 거슬린다고. 무슨
말인지 알겠더라. 들어야 될 말을 들었어. 상석이가 어느 글에서

썼지. 자네가 늘 입고 다니던, 장날 난전에서 샀을 법한 잠바 얘기.
사북까지 온 자네 영정도 그런 잠바 입은 모습이었어. 송희가 자네를
마음에 두고 한 말은 아니었을 테지. 그러나 그때 내겐 자네가
보이고, 또 내 모습이 어떤지도 보이데.

　삼척 바닷가 허름한 민박집에서 자고 아침에 주인한테 부탁해서
우리 다들 라면을 먹었어. 자네가 참으로 아껴 줬던 동무들이
모여서. 구병이 형님도 "역시 불량 식품이 맛있어." 하시며 그렇게
달게 드시더라.

　비가 밤새 오려나 봐. 설악산 위로는 눈이 내리고 있겠지. 자네가
사북에 있을 때, 여기 속초에서 무슨 강연을 해 달라고 자네를 부른
적이 있었지. 겨울방학 때였어. 사북에서 강릉까지 기차는 다녔는데
강릉에서 속초까지 눈 때문에 버스가 끊겼어. 여기 어느 선생님이
차를 몰고, 내가 같이 타고 자네를 맞으러 강릉까지 나갔지. 겁났어.
다니는 차가 한 대도 없었고. 소나무 가지가 쩍쩍 갈라져 내려앉아
있었어. 자네를 태우고 돌아오다가 양양 못 미쳐서 차가 길옆
눈 더미에 박혀 버렸지. 옴짝달싹도 못 하고 있는데 자네가 어디로
한참 뛰어가서 삽을 한 자루 빌려 오더니 눈을 퍼내기 시작했지.
차가 움직이고 겨우 속초까지 왔어.

　눈도 눈도 한없이 내리는 강원도 겨울이야. 자네가 있는 그 높은
산은 지금 눈에 덮여 있겠네. 자네 같은 사람이 살아 있는 세상이면
살 만하다 싶었는데, 이제 자네가 저세상에 가니 저세상도 가서 살
만하겠다 싶네.

　지금 내 책상 위에는 자네가 오래전에 쓴 글 한 편이 실린 우리

회보가 있어. 1985년 7월에 나온 우리 옛날 회보야. 여기 글로 나는 자네를 처음 만났어. 자네 같은 사람이 살아 있는 세상이면 살 만한 세상이다 싶었지. 이 편지 끝에 베껴 적어 볼라네.

봄이 오고 꽃이 피면 동무들 모여 자네한테 놀러 갈 테니,
꼭 기다려 주게.

1997년 12월 21일 사잇골에서. (1997년 12월)

## 더불어 살기를 바라며

임길택

내가 아이들과 글쓰기를 시작한 것은 세상에 '사북사태'로 널리 알려진 80년 4월이 지난 뒤부터였다.

누구의 잘잘못을 가리기 앞서 우리 아버지들은 크게 노했고, 건물이 불탔으며 더러 다친 사람들도 있었다. 그래도 교실은 문을 닫지 않았고, 아이들은 두 눈을 멀뚱거리며 학교를 나오곤 했다. 왜 그런 일들이 일어나는지 아이들은 몰랐고, 나 또한 그런 까닭을 설명할 수 없었지만, 우리들이 서로가 서로를 너무 알지 못한 채 이 세상을 살아가고 있다는 것만은 확실했다.

특별히 '글짓기'를 모르는 아이들이었지만 그들이 지금 살고 있는 이야기를 꾸밈없이 글로 쓸 수는 있었고, 나는 아이들이 모두 돌아간 오후 내 책상에 앉아 그 글들을 읽었다. 그리고 더러 가슴 미어짐을 어쩔 수 없어 그 글을 읽다 말고 창가로 가면, 아직도 좁은 운동장엔 가방을

놔둔 채 뛰고 달리며 신나게 노는 아이들이 눈에 띄었다.

　나는 조금씩 그들을 사랑하게 되었고 비로소, 아이들 편에 서는 '선생님'이 되어 갔다. 매가 멀어져 갔고 게으름이 피어오를 때마다 무엇엔가 섬찟 놀라 돌아섰다. 맞춤법과 띄어쓰기가 형편없는 글씨로 아이들은 날마다 나를 가르치고 있었던 것이다.

## 고욤 잔치

눈이 엄청나게 내렸다. 마을 어귀까지는 길이 뚫렸지만, 집집으로
가는 돌담 사잇길들은 아직 무릎이 푹푹 빠지게 눈에 덮여 있다.
마당에 쌓인 눈도 치워 볼 엄두가 안 난다. 뒷간과 닭장까지만 겨우
눈가래 폭만큼 길을 내었을 뿐이다. 마루 밑 축담 높이까지 눈이
쌓였다. 산과 들과 마을이 눈에 폭 파묻혀 있다. 이제 눈이 그만
오려나. 오늘은 하늘이 맑다.

우리 집 앞마당과 이어진 앞집 뒷마당에 큰 고욤나무가 한 그루
서 있다. 아주 늙어서 옆으로 뻗었던 굵은 가지들이 썩어 저절로
부러지기도 하여, 키만 크고 별로 볼품이 없는 나무다. 바람이
세게 불면 어디서 날려 온 비닐 조각들이 가지에 걸려서 펄럭거려
을씨년스럽기도 하다. 그 비닐을 걷어 내려고 나무에 올라갔다가
가지가 부러져 떨어질 뻔한 적도 있다. 그래도 여름이면 우리 집
마당에 그늘을 만들고, 가을이면 누가 먹어 주지도 않는 고욤이 잔뜩
열린다. 마당에 떨어진 고욤을 한두 개 입에 넣어 보기도 했지만,
입속에 씨만 수북이 남고 뭐 별로 먹잘 게 없는 열매거니 하고
지냈다. 흙이나 잡초 위에 떨어진 고욤은 눈에 잘 뜨이지도 않으니
아예 관심이 없었던 것이다.

어젯밤 내내 바람이 불었다. 아침에 보니 마당 귀퉁이 하얀 눈 위에 고욤이 수도 없이 떨어져 박혀 있다. 아니, 이 한겨울에 저렇게 많은 열매를 달고 있는 나무가 있었다니. 세상이 온통 새하얗게 눈부신데, 떨어진 그 열매들 검은 자줏빛은 더욱 눈이 부셨다. 나도 모르게 허우적허우적 눈에 빠지며 다가가서 고욤 한 개를 주워 들었다. 작은 대추만 하다. 나무에 달린 채 말라서 쪼글쪼글해졌는데, 아직 말랑말랑하고 껍질은 자르르 윤기가 돈다. 입에 넣어 본다. 곶감 맛과는 다르다. 흙 향내가 나는 야생의 맛이다. 씨를 뱉고 또 한 개. 또 한 개. 내가 이 세상에 이렇게 살아 있다는 것이 기쁘다는 생각이 들었다. 이 고욤은 '살아 있는 기쁨'의 맛이다 싶었다. 부엌에 가서 쌀 씻는 바가지를 들고 나와 반 바가지 넘게 고욤을 주워 담았다.

지금 내가 앉은 책상 옆에 고욤이 담긴 바가지가 놓여 있다. 그리고 나는 우리 회보 머리글로 참으로 엉뚱하게 고욤 이야기를 하고 있다. 어제까지만 해도 이번 겨울 연수 다녀오면서 한 생각을 써 보자고 했는데.

고욤 이야기를 이어 하는 수밖에. 바가지를 방에 들고 들어와 앉으니, 여기 그리운 사람들 다 불러 잔치를 벌이고 싶다. 이오덕 선생님도 계셨으면. "선생님, 이거 하나 드셔 보이소." 하고 나니 눈물이 났다. 나는 선생님을 안 지 이십 년이 넘는 세월에 여태 그런 말씀 한번 드려 보지를 못했다. 멀찌감치서 빙빙 돌기만 한, 참 못난 인생이다. 그러나 선생님한테서는 얼마나 많은 것을 받았던가. 다른 일은 다 두고라도, 선생님이 아니었다면 지금 입 안에 있는 이 고욤의 맛도 나는 몰랐을 것이다.

우리 구병이 형님도 여기 계셨으면. 길택이도. 너무나 아름다운 내
동무들, 아우들도. 사무실에서 날마다 그 고생을 하는 광훈이, 송희,
신철이, 정숙이도. 그리고 이번 연수에서 처음 만난 이혜영 선생님이
한번 환하게 웃는 모습도 봤으면. 자, 저 나무 밑에, 하얀 눈 위에,
얼마든지 있으니 자꾸 드세요. 씨는 여기 뱉으시고. 씨가 어째 이리
많나요. 서너너덧 개씩은 들었네. 크기도 거의 감씨만 하네요. 고욤
한 줌 먹으면 씨도 거의 한 줌이네요……

새소리가 들린다. 방문을 열어 보니 고욤나무 위에 새들이
앉아서 운다. 내가 이름을 알 리 없는 까맣고 작은 새다. 아이구,
이 눈 덮인 겨울에 새가 먹을 거라고는 고욤밖에 없겠구나 하는
생각이 번쩍 든다. 떨어져 눈 속에 박힌 것도 새들이 먹을 수 있을
텐데. 미안하구나, 새들아. 고욤나무는 너희들을 위해 이 세상에
있는 나무구나. 이 겨울까지 너희들을 위해 열매를 달고 있었구나.
그렇지만 새들아, 우리가 벌이는 잔치를 너무 나무라지 말아 줘.
그리운 사람들과 너희들 먹이를 나눠 먹으며, 내가 이 눈부신
세상에 살아 있는 것을 기뻐할 수 있도록 오늘만 좀 허락해 주렴.
(1998년 1월)

# 한티재 하늘로 똥 누고 가는 새

　지난해 겨울, 권정생 선생님 소설『한티재 하늘』과 길택이 시집
『똥 누고 가는 새』를 읽었다.

　『한티재 하늘』이 좀 먼저 나왔지. 책을 잡고는, 읽은 시간보다
책장을 덮고 하늘을 본 시간이 더 많았다. 누군들 안 그랬겠나.
그즈음에 눈이 퉁퉁 부어 제 얼굴이 아닌 사람들이 많았을 터였다.

　그 책이 나오고 한 보름 지난 12월 초순, 길택이 기일이 되어 우리
동무들이 모이던 날까지 나는 1권 절반을 채 못 읽었다. 그때 만난
상석이 얘기를 들으니 나보다 더했다. 한 문장을 서너 번씩 아껴 읽고
울고 하느라 삼 분의 일도 못 봤다 한다.

　길택이가 누워 있는 산자락에서, 나온 지 며칠 안 된다는 시집
『똥 누고 가는 새』를 처음 보았다. 누가 챙겨 왔던 것이다. 그 전날
저녁 동무들이 모인 때부터 내리 퍼마신 술로, 나는 몸도 못 가누고
길택이 옆에 퍼질러 앉아 그 맑은 시들을 읽었다.

　겨울방학이 시작되었을 때, 이번 방학 동안에는 무슨 일이 있어도
이 두 책에 대한 글을, 서로 참으로 사랑했던 이 두 사람에 대한
얘기를 써 보자 했다. 그래야만 살 것 같았다. 작가론이나 작품론
같은 글을 내가 쓸 수 있으리라고는 생각하지 않았다. 그냥 가슴만

미어지고 눈물만 흘렸을 뿐, 아무 할 말도 떠오르지 않았던 것이다. 그래도 내 넋을 다 헤집어 보면 어디엔가 아무리 보잘것없어도 내가 할 만한 얘기가 있지 싶었다.

앉은뱅이책상 앞에 앉았다. 두 책을 올려놓고 글 쓸 공책을 찾았다. 여느 때처럼 손에 잡히는 대로 아무 종이에나 끄적거려서는 안 될 것 같아서였다. 책상 밑을 뒤지니 쌓인 책이며 인쇄물들 사이 제법 두꺼운 공책 한 권이 있다. 이게 무슨 공책이더라? 펴 보니 며칠 쓰다 만 일기장이다. 첫 쪽에 '1997년 8월 12일'이라고 날짜가 적혀 있다.

먹장구름이 서쪽 하늘을 덮고 있어 곧 비가 쏟아질 것 같았다. 권정생 선생님의 책 『오물덩이처럼 딩굴면서』, 『어머니 사시는 그 나라에는』, 『우리들의 하느님』을 챙겨 두고 밭으로 나갔다. 비가 오면 들어와서 이 책들을 다시 읽기 시작하자.

지난 5일 서울에 가서 8일에 돌아왔다. 글쓰기 강좌 때문에 간 길이었는데, 첫날 한 시간 내가 맡은 강좌를 끝내고도 내처 눌러앉았던 것이다. 그리웠던 벗들, 그토록 아름다운 벗들과 사흘 밤을 이은 술자리. 그러나 돌아오는 버스 속에서 내 온몸과 마음을 찢은 것은 부끄러움이고 두려움이었다. 함부로 그이들을 벗이라고 부르지 마라. 너는 면벽 십 년으로도 그 속에 못 낄 인간이다.

방학도 얼마 안 남았다. 꾀부리지 말고 정직하게 밭고랑을 기다가 해가 지면 권정생을 다시 읽어라. 그리고 능력이 되든 안 되든 '권정생 선생님 회갑 기념 원고' 숙제를 해 볼 생각이라도 해라.

점심때가 되어도 비가 오지 않았다. 설악산 봉우리들이 구름을 벗고 동쪽 하늘부터 개어 온다. 고추밭 달랑무밭을 매는데 땀이

번들번들 배니 또 깔따구들이 달겨든다. 등짝, 팔뚝, 발목을 뜯기다가
역시 꾀를 내고 만다. 오전만 일을 하고 오후에는 책을 읽고 밤에
정리를 해 보자…….

　오래 잊고 있었던 일들을 돌이켜보았다. 서울 다녀오면서는
그렇게도 괴로웠나? 그러나 내 부끄러움과 두려움은 지금도
여전하니 그걸 새삼 되짚어서 무엇하랴.
　그해 여름방학, '권정생 선생님 회갑 기념 원고'를 써 보자고 했던
때가 기억났다. 밭에 유난히 물것이 많았던 여름이었다. 밭일을 하며
책을 읽으며 또 밤중에 엎드리고 눕고 하며 생각하고 또 생각을
했지만, 나는 그 원고를 결국 써 보내지 못했다. 생각할수록 억장이
무너져 내리기만 했지 뭘 써 볼 엄두가 나지 않았다.
　일기장을 넘겨 보니 꼭 초등학생이 쓴 독후감 같은 글이 몇 줄
적혀 있긴 했다. 동화 「아버지」를 읽은 날 쓴 글이다. 서글퍼라,
이 나이가 되어 어째 이런 말밖에 못하나.
　"권정생 선생님, 왜 재복이가 보리밥이라도 실컷 먹게 써 주시지
않았나요. 아직 어린아인데. 온갖 동화에서 온갖 아이들이 찧고
까부는데 선생님은 왜 재복이 용복이한테 보리밥 반 양푼, 참외
한 개도 제대로 못 먹입니까. 선생님이 무슨 세상을 보셨기에, 무슨
세상을 겪으셨기에."

　한 해 하고도 몇 달이 더 지나, 이제 다시 그때 그 책상 위에
권 선생님의 새 책 『한티재 하늘』과 그사이 먼저 가 버린 동무

길택이 시집 『똥 누고 가는 새』를 두고, 옆에는 그때 쓰다 만 일기 공책을 펴 놓고, 나는 또 밤이 얼마나 간 줄도 모르고 마냥 앉아 있었다. 나중에는 졸며 깨며 책상에 엎드려 있었다.

새…… 하늘……. 길택이가 눈감은 날, 뜨락에 늘 날아와 울던 새 한 마리가 저도 날개 접고 눈을 감았다지. 그 새를 상석이가 한지에 고이 싸서 길택이 가슴 위에 얹어 주었다지. 그렇게 해서 길택이도 새가 되었나.


　　떠나가는 곳 미처 물을 틈도 없이
　　지나가는 자리마저 지워버리고 가버린 새


그 '똥 누고 가는 새'는 어디로 날아갔을까. '산언덕 한 모퉁이에 지나지 않'는 땅 위의 삶터에서 훨훨 어느 하늘로 날아갔을까. 문득 『일하는 아이들』에 나오는 시 「까만 새」가 떠올랐다. 외워 보았다.

아, 한 산골 분교에서 삼십 년 전에 이 시를 쓴 아이의 세계도 권 선생님과 길택이의 세계였다. 아니, 그 세계는 모든 외롭고 가난한 넋들의 세계였다. 그 넋들이 동무가 되어 함께 있었다. 모두 같이 손잡고 하늘로 올라가 달과 별과 춤을 추었다. 슬프고 아름다운 세계가 거기 있었다. 새들과 벌레들과 짐승들과 아기들도 함께 있었다. 애, 여기 와서 우리하고 놀자, 이리 와. 나 같은 것도 가도 되니? 네가 뭐 어때서? 어서 와. 나도 날아 올라갔다. 나도 그 하늘에 가서 같이 손잡고 춤을 추었다. 밤새 행복하게 달과 별과 춤을 추었다. 그 하늘은 너무나 슬프고 아름다운 한티재 하늘이었다…….

다음 날 아침, 나는 책상 위에 펴 있는 공책 빈 장 위 칸에 '한티재 하늘로 똥 누고 가는 새'라고 제목을 적었다. 그러고는 공책을 덮고 책상 밑 제자리에 다시 두었다. 나는 내가 이번에도 역시 아무 글도 못 쓰리라는 것을 알고 있었다. 그래도 괜찮다 싶었다. 제목을 적은 것만 해도 어디냐 싶었다. 책상 앞에 더 앉아 있지 말자. 이제부터 지게 지고 나무를 하자. 산에 가서 하늘도 보고 새도 보자. 그게 권 선생님과 길택이 책을 읽고 못난 내가 그래도 할 수 있는 일, 해야 될 일이다 싶었다. (1999년 3월)

# 봄날 하루

1999년 4월 11일 일요일.

아침부터 강낭콩 심을 자리를 만들었다. 올해는 강낭콩을 좀 잘 올려 보자고 뽕나무 가지를 쳐서 돌담에 쭉 기대어 섶울타리를 공들여 세우고, 가로대도 촘촘히 지르고, 그 밑으로 밭을 만들어 닭똥을 섞었다. 콩알 하나라도 허투루 묻어서는 거둘 게 없다는 걸 몇 년 농사에서 겨우 깨달은 셈이다.

여기 사잇골에서 농사일을 시작한 첫해에는 마당가에 가꾼 강낭콩이 참 잘 되었다. 싱싱하게 뻗어 오른 덩굴에 푸른 잎사귀가 섶을 덮더니 짙은 붉은빛 꽃이 여름 내내 피어 온 마당이 환했다. 어느 선생님이 와서 보고는 이 오두막을 '동네에서 가장 화려한 집'이라고 했을 만큼. 콩도 콩이지만 꽃이 하도 좋아, 봄이 오면 감자 놓자마자 강낭콩 심을 생각부터 하게 되었다. 그런데 그다음 해에는 덩굴이 한창 올라가고 꽃이 피기 시작할 무렵 태풍이 불어, 세워 둔 섶울타리가 통째 날려 마당 가운데로 넘어져 버렸다. 뿌리가 다 뽑힌 강낭콩 줄기를 보고 얼마나 속이 상했던지. 또 다음 해에는 심는 자리를 잘못 일궜는지, 김매 줄 때를 놓쳤는지, 저절로 자란 나팔꽃 덩굴이 온통 섶을 타고 올랐다. 콩 덩굴과 엉켜 어찌 손을 써 볼 수가 없게 되어 나중에는 강낭콩꽃 대신 나팔꽃을 보며 지낼 수밖에 없었다. 그때 왔던 어느 선생님은 '와, 나팔꽃 이쁘다.' 하며 사진을 찍었는데, 나는 할 말을 잃고 뒤에서 그냥 웃을 수밖에 없었다. 그게 지난해였다. 몇 번 밥밑콩으로 놓아 먹지도 못하고 간신히 씨앗이나 따서 남긴 강낭콩을, 올해는 기어코 제대로 올려 볼 참이다. 그래서 겨우 한 홉 남짓한 콩 심을 밭을 만들고 섶 세우는 일에, 무슨 대단한 일이나 하는 것처럼 아침부터 매달려 있었다.

오후 한 시나 되어 탁동철 선생이 잠시 다녀갔다. 오색초등학교 관사 텃밭에 가꾸던 오이가 참 잘생기고 맛있어서 감탄을 했더니 씨를 받아 뒀다가 나눠 주러 온 것이다. 오이 모종을 사서 심어는 봤지만 씨를 뿌려 본 적이 없어서 물었다.

"이거 어떻게 뿌리나?"

"그냥 뿌리면 되는 거 같던데……."

하고 부끄러워 웃기만 한다. 탁 선생은 늘 그렇다. 오늘이 이은영 선생 이사 가는 날이라 이삿짐 나르러 간다고 한다. 우리 글쓰기회 사람들이 거기 다들 모이겠구나. 나는 가 보지도 못하고.

가만히 생각해 보면 이곳 글쓰기회 선생님들 어느 분이나 산골짜기에 있는 맑은 샘 같은 사람들이다. 바로 우리 집 뒷산 너머 골짜기에 꼭 그런 샘이 하나 있는데, 그 샘 얘기를 해 봐야겠다. 샘 바닥 서너 군데서 흙이 보글거리며 물이 솟는데, 그 물을 모아 골짜기 아래쪽으로 층층이 이어진 다랑논들 농사를 다 짓는다. 물이 마르는 일도 없다고 한다. 이 샘이 하도 놀라워서 나는 우리 집에 오는 손님들한테 무슨 큰 볼거리라도 되는 것처럼 함께 가 보자고

사잇골에서

해서 구경을 시킨다. 혼자서도 자주 거기 간다. 아무도 없는 골짝
샘가에 쭈그려 앉아 있으면 얼마나 편안한지. 정말 좋은 사람들이란
그런 샘물 같은 사람들일지도 모른다. 그 샘가에 있으면 마음이
편안해지고, 그 샘물은 천석꾼의 벌판이 아니라 가난한 농부가 짓는
골짜기 다랑논들을 찾아 흐르고.

세 시가 넘어서야 라면 물을 올렸다. 배가 아주 고팠다. 라면을
한 개 끓이면 양이 모자랄 것 같고 두 개를 끓이자니 그건 또 너무
많아 다 먹기 버겁지 싶다. 이렇게 해 보자. 물을 좀 많이 부어 라면을
끓이다가 묵은 김치를 꺼내 듬뿍 썰어 넣었다. 김칫국에 라면이
들어간 꼴이 되었는데, 설겅설겅 익은 김치도 맛있고 라면도 국물도
맛있다.
　묵은 김치는 아직 한 독이 남았다. 지난해 배추농사는 성공했다고
할 만하다. 김장배추 약 안 치고 키우기 참 쉬운 일이 아니다. 배추가
자라 포기로 앉았을 때는 벌레를 일일이 손으로 잡는다 하더라도,
솎기도 전에 어린잎이 그냥 망사처럼 되어 버리는 데는 어째 볼
도리가 없다. 씨앗을 한 보름 늦게, 그러니까 9월 초에 묻으면 벌레가
덜 타게 키울 수 있는데 대신 알이 별로 안 든다. 거의 푸른 잎인
채로 거두게 되는데, 그래도 이런 배추를 좋아하게 되면 꼭 농약
때문이 아니라 속이 꽉 찬 허연 배추에는 어쩐지 정이 안 간다. 우리
김장에는 변산 공동체에서 가져온 갈치젓도 다져 넣었으니, 나는 그
김치를 다시없는 맛으로 알고 끼니마다 사발무더기로 놓고 먹는다.
김치를 덮는 우거진지 속 김친지 구별이 잘 안 되어 좀 그렇지만.

배추 이야기가 나왔으니, 우리 어머니한테서 들은 배추 이야기도 여기 옮겨 적어 보고 싶다. 언제 적 일인지, 언제 들은 얘기인지는 아무래도 기억에 없다. 대충 이런 얘기다.

"너거 아부지하고 어데 갔다가 밤이 이슥해서 집에 오는데, 너그 아부지는 저만치 앞에서 가고 나는 이만치 뒤에서 따라가는데, 넘으 배추밭 옆을 지나는데 너그 아부지가 배추 한 페기를 발로 쑥 밀어 자빠뜨리고 안 가나. 내가 눈치를 채고 그거를 얼른 치매폭에 싸 가지고 따라가는데 가슴이 우찌나 벌렁벌렁하던지⋯⋯."

사실은, 점심 먹을 때 김치를 우적거리며 배추에 대해 이것저것 생각하다 보니 그 얘기가 떠오른 것이다. 들고 있던 라면 냄비를 놓고 부뚜막 앞에 앉아, 나는 마음이 아득해져서 보는 것도 없이 마당으로 눈을 돌리고 있었다.


점심을 먹고 냇가 큰밭으로 가 보았다. 감자는 지난주 텃밭에 조금 심었고, 냇가밭은 콩, 고구마, 옥수수를 심을 거니 밭 갈 일이 그리 급하지는 않다. 그래도 딴 집 밭은 다 갈았는데. 오늘은 햇빛이 쨍쨍하지만 어제 종일 비가 내려서 아무래도 흙이 들러붙게 생겼다. 들일 나온 이웃 분께 여쭈니 내일쯤이면 되겠다 한다.

냇둑에 개복숭아나무는 꽃망울이 막 터지려 한다. 앵두꽃은 벌써 하얗게 피었다. 정말 봄이구나. 나는 온갖 시름 다 잊기로 하고 노래 부르며 들길을 한참 걸었다.


삼천리 강산에 새봄이 왔구나

농부는 밭을 갈고 씨를 뿌린다

나는 이 아름다운 노래를 이 두 줄밖에 못 부른다. 언제 적
노래이고 누가 지었는지도 모른다. 그냥 백성들 입으로 전해져 온
노래일까. 이 노래를 나는 어디서 들었을까. 어릴 때 계집애들이
고무줄 뛰며 부르던 노래 같기도 하다. 이렇게 짧은 노래는 아닐
텐데. 그다음 구절은 뭘까. 누구 아는 사람이 있으면 좀 가르쳐
줬으면.

집에 돌아와 섶울타리 밑에 강낭콩을 정성껏 심었다. 물에 좀 불려
놓았으면 좋았을 텐데. 콩이 너무 말라서 이 안에 어떻게 생명이
숨어 있을까 싶다. 하기야 무슨 씨앗이든 묻을 때마다 그런 생각이
들었지. 강낭콩아, 잘 자라서 이쁜 꽃 피워 이 어두운 세상 환하게
만들어라. 내 마음도 여기 놀러 오는 동무들 마음도 환하게 환하게
만들어라.

강낭콩을 다 심고는 텃밭 일을 해 질 때까지 했다. (1999년 4월)

# 밥상

며칠 뒤가 초복이다. 감자 캐고 옥수수 딸 때가 되어 간다.
남새밭에는 중갈이배추며 열무가 자라고 애동호박도 딸 만한 게
달리기 시작한다. 풋고추도 한창 열린다.

요맘때가 남의 땅 부치는 고달픈 농사꾼들 그래도 가장 배불리
먹을 수 있는 철이었지 싶다. 가을걷이 해 봤자 어디 농사꾼들 입에
쌀밥이 속 편하게 들어갔겠나. 보리밥인들 햇보리 거둔 이 한철이
아니면 배불리 먹었겠나. 콩밭 조밭 북 주고 보리 거름 장만하고
깨 모종내느라 등이 휘는 철, 배라도 곯지 말라고 옥수수 익고 감자
굵어지고 텃밭에 찬거리도 푸지다.

밥상 가운데는 풋고추 숭숭 썰어 넣고 밥솥에 박아 찐 된장이
놓인다. 애동호박 볶음에 찐 호박잎과 여린 열무 물김치. 보리밥
한 양푼. 열무도 된장에 적시고 호박잎도 된장에 적셔 밥에 척척
걸친다. 배만 부르면 세상모르고 뛰놀았던 어린 시절, 요맘때 우리들
밥상이 그랬다. 이제사 돌아보면, 사무치게 그리운 밥상이다.

자식새끼들 그런 두레상에 빙 둘러앉아 볼이 미어져라 큰 밥술
떠 넣는 걸 보면 부모 마음이 오죽 좋았겠나. 배를 불린 아이들이
찬물 바가지째 쭉 마시고 젓가락에 뜨끈뜨끈한 감자 한 알 꿰어 들고

일어서는 걸 보면 얼마나 하늘이 고마웠겠나.

　우리 애달픈 『한티재 하늘』에도 그런 밥상이 한 번 나온다. 2권 277쪽. 두 벌 솎음질한 조밭 북 주는 날, 영분이네 아침밥이다.


　"어매임요, 밥 채리니데이."

　영분이는 징지에서, 마당 멍석자리에서 순난이 머리를 빗어 땋아 주고 있는 시어매 복남이한테 말한다.

　손녀딸 까만 머리를 촘촘 땋아 주면서 복남이는 그 소리를 듣는다.

　"옹야, 쪼매마 참어라."

　일곱 새 삼단 같은 순난이 머리를 땋는 손이 더 빨라지고 얼축 댕기를 묶어 주는데 벌써 밥상이 나온다.

　멍석자리 가운데 개다리밥상이 놓이고 감꽃같이 푸욱 퍼진 보리밥에 김이 무럭무럭 오른다. (……)

　멍석자리에 둘러앉아 아침밥을 먹을 때, 영분이는 세상에 부러운 것이 없다. (……) 수식이는 옥식기에 둥둥산처럼 담아 놓는 밥도 모자라 어매 바가지밥을 더 먹어야만이 직성이 풀린다.

　애동호박 볶은 것, 열무김치에 찐된장, 영분이네 찬이래야 끼니마다 그렇다. 그래도 밥맛은 꿀맛 같다.

— 권정생, 『한티재 하늘 2』, 지식산업사, 1998


　분들네가 '느지막히 아침상을 차려 들고 와서 그래도 깡조밥 한 바가지를 마지막 한 숟갈까지 긁어먹고' 그대로 뒤로 벌렁 누워 둘째 딸 강생이를 낳는 첫머리부터 시작해서 2권이 끝나는 데까지,

이 소설에는 밥상 차림을 그린 대목이 열댓 번 나온다. 거의 조밥에
짠지 차림이다. 밥이라면 그냥 으레 조밥이다. 그것도 꿀맛으로
먹는다. 그랬을 테지. 송기죽, 조당수, 나물죽, 갱죽으로 끼니를 하는
판에 조밥에 짠지가 어찌 꿀맛이 아니었을까. 더구나 식구들 빙
둘러앉아 된장에 적실 호박잎 있고 열무김치 있고 감꽃같이 푸욱
퍼진 보리밥 수북하면 어찌 세상에 부러운 것이 없다 싶지 않았겠나.
그런 두레상을 집집마다 끼니마다 차리는 세상. 더도 덜도 아닌
고만한 세상을 꿈꾼 백성들이 '빤란구이'가 되어 싸우고, 싸우다
죽어 간 세월이 우리 역사겠지.

　싸움은 이제 끝났나? 아닐 것이다. 양반님네들뿐만 아니라 바로
우리 자신하고도 맞붙어야 하는 엄청나게 어려워진 싸움판에 우리가
있는지도 모른다. 세상에 부러울 것 없는 그 밥상을 어느 날 무엇엔가
눈이 뒤집혀 우리가 걷어차 버렸을 수도 있으니. (1999년 7월)

# 희망

"과연 나는 아이들을 믿어야 하나 말아야 하나…… 아니 사람을 계속
믿어도 좋은가…… 아니 나 자신을 계속 믿어도 좋은가…… 더 나은
내일을 꿈꿔도 좋은가……."

— 원종찬, 〈우리 말과 삶을 가꾸는 글쓰기〉 1999년 10월 회보 37쪽

한 학기에 두 번, '중간고사' '기말고사'라고 해서 시험을 친다.
우리 학교의 경우, 1학기에는 5월과 7월 첫 주, 2학기에는 10월과
12월 첫 주 나흘씩이 시험 기간이다. 시험은 보통 오전에 끝나고
오후에는 시간을 낼 수 있는 편인데, 1학기에는 그때가 마침 가장
바쁜 농사철이라 나는 시험만 끝나면 그냥 밭으로 내달려야 하는
형편이다. 5월 첫 주면 한창 밭 갈고 씨 뿌릴 때고, 7월 첫 주면
풀 매느라 밭고랑에 엎드려 살아야 할 때가 아닌가.
　지지난주가 2학기 중간고사 기간이었다. 그때쯤이면 논밭 농사에
사람 일은 끝나고 하늘 일만 남는다. 가을걷이 때까지 햇살 많이
내려 곡식 잘 여물게 해 달라고 하늘에 빌고 있는 수밖에 없다. 참,
고추농사 많이 하는 집은 여전히 바쁜 때지. 우리 집이야 뭐 고추
150포기. 따서 말리는 게 크게 일이랄 것도 없다.

이번 시험 기간에는 이틀 동안 오후 시간에 사잇골 뒷산 너머 골짜기를 어두워질 때까지 헤매고 다녔다. 거기도 설악산 자락이라 골이 깊고 험하기는 하지만, 동네는 없어도 옛날부터 사람이 일궈 먹고 살던 자락이라 한다. 나한테 무슨 대단한 풍경을 즐기며 등산길 같은 데를 걷는 취미는 없다. 작은 물길 따라 다랑이 논배미가 있는 골짜기, 골라 낸 돌로 둘레에 야트막한 담을 쌓아 놓은 밭뙈기가 있는 등성, 풀이 누워 있어 겨우 사람 다니던 자리라고 알아볼 만한 길, 그런 데가 미치게 좋아 시간만 나면 기를 쓰고 찾아다닌다.

나는 남쪽 바닷가에서 자랐고 지금도 동해 바다를 끼고 살지만 언제부턴가 바다를 못 견뎌 한다. 쑥스러운 말이지만, 끝없는 바다 앞에 서면 너무나 외롭고 두려운 것이다. 도회지는 말할 것도 없고 아주 너른 들판을 봐도 그렇다. 아무래도 내가 눈물 씻고 안길 품은, 괭이로 일궈 곡식 심어 먹는 산자락이다. 그런데 사잇골에서 4년째 농사일을 하면서도 뒷산 너머 골짜기에만 다녔지 그 골짜기 건너 산을 넘으면 또 무슨 골짜기가 있는지는 몰랐다. 가까우니 마음만 먹으면 가 볼 수 있다 싶기도 했지만, 집도 절도 없는 산자락을 헤매고 다닐 엄두가 안 나기도 했던 것이다.

뜻밖에도 뒷산 너머 골짜기 건너 또 산 너머에도, 골짝 골짝에 물길 있는 데면 조그만 다랑이들이 층층이 있었다. 물론 태반이 묵은 논이지만 벼가 그득 서 있는 논배미도 있다. 경운기는커녕 사람 하나 지나다닐 길도 얼른 눈에 안 띄는 산골짜기에 저렇게 벼가 그득한 논배미라니! 요즘이 어떤 때라고. 농기계뿐만 아니라 트럭이 논바닥까지 들어가야 논농사 짓는다는 때가 아닌가. 요즘 들어 나는

경운기도 못 들어가는 논에 농사짓는 걸 본 적이 없다. 그런데 아직도
저 까마득한 산 밑 동네에서 쟁기 지고 소 몰고 올라와 논 갈고 썰고
모를 꽂은 농사꾼이 있었던 것이다. 아, 살 것 같구나! 그날도
그 다음 날도 나는 정말 해가 지는 줄도 모르고 여기저기 논배미들을
살펴보고 벼이삭도 만져 보고 봇도랑 물에 손도 담가 보고 물길이
어디서 시작되는지 따라 올라가 보고 하다가, 컴컴해져서야 풀숲이
허리까지 욱은 산을 더듬어 내려왔다. 논배미를 끼고 조록조록
졸졸졸 흐르는 봇도랑 물소리가 언제까지나 귀에 남아 있었다.

　며칠 뒤던가, 10월 회보에서 원종찬 선생님 글을 읽었다. 그이는
묻고 있다. 희망이 있는가…… 하고. 희망이 있는가. 어쩌면 나도
그 물음을 품어 안고 산골짜기를 헤매고 다녔는지도 모른다 싶었다.
내 삶에, 이 세상에 희망이 있는가……. 대답을 해 보고 싶었다.
원 선생님에게뿐만 아니라 나 자신에게도. 적어도 대답해 보려고
애는 써야 한다 싶었다. 무턱대고 편지를 쓰기 시작했는데, 글은
자꾸 터무니없이 딴 데로만 흘러갔고 돌아올 길이 보이지 않았다.
쓰다 만 글을 지금 읽어 봐도 대관절 어디로 가고 있는 글인지
알 수가 없다.

　'…… 고구마 줄기 데쳐 볶은 반찬으로 아침밥을 먹었어. 머위
줄기나 고구마 줄기 볶은 것, 정말 맛있지? 머위 줄기는 봄철
반찬이지. 먼저 데쳐서 껍질을 벗겨야 쉬워. 요즘 먹는 고구마 줄기는
껍질을 벗긴 다음에 데치는데, 껍질 벗기기가 좀 힘들어. 한참 하면
손톱이 아파…….'

전날 두어 시간 마루에 앉아 고구마 줄기 벗긴 얘기며, 그때 내가
얼마나 숨통이 트이고 살 것 같았는지, 할 만한 일을 하고 있다는
느낌이 얼마나 눈물겨웠는지 따위를 적고 있다. 고구마 줄기를
벗기며 나는 거기서 무슨 희망 같은 것을 보았을까? 왜 이런 얘기를
줄줄이 쓰다가 막혀 버렸을까? 어쨌거나 그건 '희망이 있는가.' 하는
물음에 답을 찾아 들어가는 길이 아니었다. 펜을 놓아 버리고도
그 물음이 머릿속을 떠나지 않았고 며칠 시간이 흘렀다. 그런데
이번에는 자꾸 산골짝 다랑논을 끼고 조록조록 졸졸졸 흐르던
봇도랑 물소리가 떠오르고, 그래 나는 또 무턱대고 그 얘기를 쓰기
시작한 것이다. 쓰다 보니 이것 또한 대답을 찾아 들어가는 길이
아니다 싶었다. 고구마 줄기 껍질 벗기기, 산골짝 봇도랑을 흐르는
물소리, 그럼 그건 내게 무엇이었나. 한 바보가 손바닥 안에 꼭 쥐고
한사코 놓지 않는 것이 있었다. 그 바보가 잠든 뒤 손가락을 펴 보니
그건 조그만 돌멩이였다. 나는 돌멩이를 쥐고 있었나…….

그러나 원 선생님, 나는 지금 또 어떤 딴 길을 찾아 들어가 보면,
거기에는 대답이 있을 것만 같아! (1999년 10월)

## 콩 터는 날

"일하시나 봐유?"

마당에 자리를 깔고 빙 둘러앉아 밥을 먹고 있는데 앞집
아주머니가 삽짝을 들어오신다. 삼척글쓰기회 김광견, 강삼영
선생님, 속초글쓰기회 이은영, 탁동철 선생님과 냇가 콩밭에서
콩 타작을 하다가 들어와 점심을 먹는 중이다.

"예, 콩 좀 터느라구요."

"콩이 안 됐지유?"

"아유, 뭐 털 것도 없어요."

"다 그래유. 우리 집도 콩꼬투리가 모두 시꺼매유."

'불우이웃돕기 성금'을 거두라고 해서 오셨다 한다. 아이 엄마가
2천원인가를 얼른 내 놓으며 수고하신다고 인사를 한다. 같이 밥 좀
들자고 말이라도 해야겠는데, 그 말 꺼내기가 참 멋쩍다. 콩농사라고
그 모양으로 지어 놓고 타작한답시고 동무들을 불러 모은 게 동네
사람 앞에서 영 낯이 뜨거운 것이다. 밥상에 앉은 선생님들도
멋쩍어하기는 마찬가지다. 탁동철 선생이 한마디 한다.

"나뭇가지 자른다고 몇 번 왔다 갔다 하다가 점심을 먹네."

콩단을 풀어 밭에 널어놓고 이슬 마르기를 기다려 아침나절을

다 보내고 나서야 일을 시작했는데, 콩 두드릴 작대기가 시원찮아
톱 들고 나뭇가지 자르러 냇둑을 오르내린 일을 두고 하는 말이다.
탁 선생은 도리깨 대신 쓸 만한 물푸레나무 가지를 잘라 왔고,
끄트머리에 잔가지 몇 가닥씩 남겨 다듬어 놓으니 그게 콩 터는 데는
오히려 도리깨보다 나았다.

　도리깨가 하나 있기는 했는데 지난해 콩 타작하면서 구병이
형님이 꼭지를 부러뜨렸다. 형님 동네에서는 콩 타작할 때
도리깻열이 돌지 않게 자루 끝에 묶어 내리친다고 한다. 사실
콩 털다 보면 공중에서 빙 한 바퀴 돌려 턱 내리치는 도리깨질이
성에 안 찰 때가 있다. 팍팍 두드리고 싶어지는 것이다. 그런데 우리
집 도리깨는 오래되어 나무가 삭았는지 몇 번 안 쳐서 꼭지가 부러져
버렸다. 풍년 타작마당에 도리깨 부러진들 대수랴. 그때는 아무
작대기나 들고 두드려도 신만 났다. 아, 지난해에는 콩농사가 그리 잘
되어 타작마당이 정말 잔치 마당이었지. 동무들 여남은에 변산에서
구병이 형님까지 오셔서 한쪽에서는 두드리고 한쪽에서는 바람개비
돌려 검부러기 날리고 한쪽에서는 키질하고……. 올해 타작마당에는
콩 심을 때 함께 일했던 동무들도 다 부를 염치가 없었다. 이 근처
글쓰기회 식구 몇만 모인 쓸쓸한 자리다. 날도 끄무레하다. 서쪽
하늘에는 설악산 위로 비구름이 잔뜩 몰려 있다.

　며칠 전 밤에 구병이 형님이 전화를 하셨더랬다. 노광훈, 황금성
선생이 찾아와서 같이 맛있는 술 먹고 있다고.

　"야, 그런데 올해는 왜 콩 타작하러 오라고 안 불러?"

　하셨는데 노광훈 선생한테서 우리 집 콩농사 망친 이야기 듣고

부러 그러시는 따뜻한 말이었다.

"아이구 형님, 뭐 털 게 있어야지요."

"그것 봐라. 니는 니가 콩농사 아주 잘 짓는 줄 알았지?"

"예, 내가 제법 잘난 놈인 줄 알았어요."

"곡식 가꾸는 데 사람 하는 일이 얼마나 조그만지, 하늘이 겸손을 가르치는 거야."

형님네도 콩하고 보리는 안 되었는데, 땅이 좀 살아났는지 고구마, 감자, 밀, 벼는 그런 대로 잘 되었다고 했다.

"먹을 거 없으면 여기로 와."

하며 웃으셨다.

올해 옥수수농사 망친 사람은 농사짓는다는 말도 말라는데 나는 옥수수농사도 망쳤다. 묵정밭을 새로 일궈 한 사오십 평 심었는데 바랭이가 어찌나 돋는지 옥수수가 뿌리내릴 흙을 못 찾아 싹수부터 노랬다. 죽을 고생을 하며 어찌어찌 겨우 가꾸어 열매가 달리기는 했는데, 통통하게 제대로 알이 든 것은 너구리들이 내려와 다 먹어 치웠다. 배추도 이 동네가 거의 다 잘 안 되긴 했지만, 우리 집 배추는 그야말로 국에나 넣어 먹지 고춧가루 묻혀 보기는 틀리게 생겼다. 벌레 덜 타게 키운다고 늦게 씨를 뿌렸는데, 씨 뿌린 다음 날부터 쏟아진 비가 시도 때도 없이 내려 싹이 거의 물러 버린 것이다. 올해는 텃밭이고 큰밭이고 누가 와서 볼까 봐 겁이 났다. 그런데 지금 이 글을 쓰다 보니 이런 생각이 든다. 그렇구나, 나는 올해 겸손이 아니라 고작 부끄러움을 배웠구나. 부끄럽다는 것도 여전히 남의 눈에 그럴듯해 보이기나 바라는 사람의 교만일 테지.

점심 먹고 다시 밭으로 와서는 아예 작대기도 버리고 널찍한
돌멩이 하나씩 앞에 놓고 거기 콩대를 때려 털기로 했다. 두드려 봤자
콩대 밑에 깔리는 콩이 너무 적어서 괜히 힘을 쏟을 까닭이 없었다.
오백 평 콩농사에 콩이 한 가마니나 나올라나 싶다. 콩농사가
안 되었을수록 타작에 일손은 더 많이 간다. 꼬투리가 잘 벌어지지도
않고, 모지라지고 벌레 먹은 콩은 다시 골라내야 하니.
　그래도 둘러앉아 일을 하니 얘기도 하고 노래도 부르고 재미있긴
하다. 좋은 동무들하고 늘 이렇게 모여 일하고 살았으면…….
　"그 노래 좀 불러 봐. 그 슬픈 노래. 착한 딸이 될게요 하는 노래."
　선생님들이 목소리를 모아 노래를 부른다. 나는 이 노래만 들으면
눈물이 나서 못 살겠다.


빨래 통에 담긴 엄마 양말엔
땀에 젖은 엄마 일 냄새
어둔 하늘 시드는 흐린 달은
고생 가득 엄마의 얼굴
못 배워 서러운 한평생
너는 굳세고 바르게 자라
가난 없는 평등한 세상에
당당한 주인 되거라
난생처음 엄마 양말을 빨며
그려 보는 엄마의 얼굴
가파른 골목 오시는 어머니

착한 딸이 될게요

어쩌다 나는 가파른 골목 오시는 어머니의 착한 아들이
못 되었나. 지금도 그 어머니를 배반하고 살아가는 아들은 아닌가.
거들먹거리며 어머니를 서럽게 하는 인간들과 제대로 싸움이나 한번
붙어 봤나…….

"설악산 쪽에는 비가 오나 봐."
다들 서쪽 하늘을 한참 본다. 아무래도 일을 걷어야겠다. 밭에
널어놓은 콩대를 서둘러 다시 세워서 쌓고 그 위로 비닐을 덮고
칡넝쿨로 동인다. 돌멩이들을 칡넝쿨 끝에 묶어 콩가리를 단단히
눌러 둔다. 턴 콩은 검부러기 채로 자루에 담는다. 키질하고 있을
시간이 없다.
"잘 됐다. 날씨 덕분에 한 번 더 모이고."
"다음 주에는 무너미 가야 되는데…….""
"그 다음 주는?"
"그날은 또 전교조 집회라는데 어쩌나?"
빈 들에 오도마니 쌓인 쭉정이투성이 콩가리가 안쓰럽다.
밭 설거지를 하고 자리를 뜨면서도 모두들 자꾸 돌아본다.
(1999년 11월)

# 추운 날

추위가 여느 해보다 빨리 닥쳤습니다. 학교 갔다 오면 닭장
물그릇에 든 물이 밑바닥까지 꽁꽁 얼어 있어요. 요즘은 닭장 문을
열어 놓아서 닭들이 마당이고 밭이고 산이고 몰려다니는데, 어디
물 먹을 데가 없으니 얼마나 목이 마르겠어요. 큰 닭 백 마리가
하루에 열두 되쯤 물을 먹는다고 해요. 우리 집 닭은 일곱 마리니
물이 하루 한 되는 필요할 텐데, 도랑에서 얼음이라도 쪼아 먹는지
어쩌는지.

다행히 오늘 방학을 했습니다. 이제 닭들 물 걱정은 안 해도
되겠네요. 점심때 좀 지나 집에 오자마자 닭장 물그릇 얼음을 깨
내고 새 물을 담아 볕바른 데 두었습니다. 뒷산자락 호두나무 밑에
모여 있던 닭들이 쪼르르 달려와서 좋아라 물을 먹습니다. 나도
좋아서 닭들 물 먹는 모습을 멀찌감치서 보고 있습니다.

방학했으니 지게 지고 실컷 나무하러 다니고 싶은데 오늘은
아무래도 너무 춥네요. 뒷산 참나무 가지 위에 겨우살이들도
푸른빛을 잃었어요. 하도 추워 그렇겠지요. 꼭 새 둥지처럼 보입니다.
옻나무 가지 위 높다란 데 있는 건 정말 새 둥지인지 겨우살이인지
모르겠어요. 겨우살이가 옻나무에서도 자라는지.

뒷산에 아주 큰 옻나무가 두 그루 있는데 나는 그게 옻나무인
줄도 모르고 살았어요. 밑동 한쪽으로 껍질이 벗겨져 있어서 왜
저러나 했는데, 며칠 전 동네 분들 얘기를 들으니 옻닭이란 걸 해
먹을 때 여기 옻나무 껍질을 벗겨 넣는다고 합니다. 참옻나무라 아주
좋다고 해요. 저렇게 껍질이 벗겨져 있어도 괜찮은지 모르겠습니다.
오래된 참옻나무는 늘 죽은 듯 산 듯 서 있어서 죽은 줄 알고
베어 보면 멀쩡히 살아 있기도 하답니다. 죽은 듯 산 듯 서 있는
나무라……. 그거 한번 배워 보고 싶은 자세지요?

옻나무, 참나무, 아카시아나무들 아래쪽으로는 대밭입니다. 굵은
대가 아니고 시누대라고 하는 가느다란 대나무지요. 저 시누대들은
눈이 아주 많이 오면 눈에 덮여 땅바닥에 닿게 휘어져서 누워
지내더라고요. 올해는 대나무가 싱싱하게 푸릅니다. 대가 자꾸
마르면 흉년이 든다지요.

나무를 보고 있으면, 더구나 이런 추운 날을 견디고 서 있는
나무를 보고 있으면, 정말 살아야 한다, 살고 싶다는 생각이 듭니다.
나무가 있으면 사람도 살 수 있다 싶어요. 진짜 그래요. 한 번이라도
나무한테 마음을 두어 본 적이 있는 사람은 내 말이 진짜란 걸
알 겁니다. 나는 오늘 사잇골 오두막 둘레에 이 꽁꽁 언 겨울을
견디고 있는 나무들을 한 그루 한 그루 껴안고 쓰다듬었습니다.
아니, 나무들이 나를 껴안고 쓰다듬었지요. 옻나무, 아카시아나무,
참나무, 고욤나무, 닥나무, 감나무, 사과나무, 모과나무, 호두나무,
복숭아나무, 개복숭아나무, 후박나무, 목련, 쥐똥나무, 앵두나무,
단풍나무, 은행나무…….

나무마다 겨울눈을 달고 있습니다. 겨울눈이 제일 크고 당당한 나무가 후박나무네요. 가지 끝마다 하늘 쪽으로 촛불처럼 생긴 겨울눈을 꼿꼿이 세우고 있습니다. 목련은 가지 끝과 마디마디에 등잔불 같은 꽃눈과 잎눈이 붙었습니다. 나무마다 다른 겨울눈들, 겹비늘로 싸이기도 하고 솜털로 싸이기도 한 겨울눈으로 나무들은 추위를 이겨 낸다고 합니다. 저 겨울눈들이 끝내 살아서 봄이 오면 꽃으로도 피어나고 잎으로도 피어나겠지요. 목숨 가진 것들은 끝끝내 희망을 안 버립니다.

　　닭들은 이제 텃밭을 헤집고 있습니다. 뭐 먹을 게 있을는지요. 저리 살려고 애쓰는 닭들을 보면 내가 닭을 돌보는 게 아니라 닭들이 나를 돌보고 있다 싶어요. 사람 사는 게 이렇게 짐승한테 기대고 나무한테 기대는 일이다 싶습니다. (1999년 12월)

나는 지금 스무 살 때의 나를 만나러 가고 있는
것이다. 우리 집 아이가 올해 꼭 스무 살이다.
철암 땅에 스무 살 먹은 또 다른 아이 하나가 있는
것만 같았다. 그리워해 본 적도 없는 아이, 오래 잊고
살았던 아이를 오늘 불쑥 찾아가는 느낌이었다.
탄가루에 절은 작업복을 입은 그 아이는 아직 거기
혼자서 30년 동안이나 나를 기다리고 있을 것
같았다.

태백에서

# 태백에서 1

황지에서 철암까지는 버스로 30분 남짓한 거리였다. 장성 지나
동점 쪽으로 내려가다가 구문소란 데서 꺾어 조금 올라가면
철암이다. 그 버스는 철암 지나 통리를 거쳐 다시 황지로 돌아오는데,
그렇게 태백시를 한 바퀴 도는 데 한 시간이 걸린다 한다.

올해, 생각지도 않은 곳으로 전근이 되었다. 태백시 황지고등학교.
관사에 조그만 방 하나를 얻어 짐을 풀었다. 밥을 끓여 먹으며
학교에 다닌 지 며칠이 되어 대충 동서남북이 어느 쪽인지 익혔을
무렵, 퇴근길에 바로 철암 가는 버스에 올랐다. 꼭 30년 만에 그
탄광마을을 다시 찾아가는 것이다. 공업고등학교 기계과를 졸업한
다음 해, 나는 거기 '영주기관차사무소 철암 분소'에서 기관조사로
일했다. 화물열차를 끄는 일이었다. '철암 분소'에서는 여객열차는

다루지 않았다. 철암에서 영동선 쪽으로 도계까지, 정선선 쪽으로
황지까지, 그 지역 탄광에서 캐낸 석탄을 실어 날랐다. 갱목이나
폭약 따위를 나르기도 했다. 황지, 장성, 철암, 통리 같은 탄광마을이
'태백시'로 묶이면서 황지역은 이제 태백역으로 이름이 바뀌어 있다.

　그때 일은 거의 잊고 살아왔다. 기억을 애써 지워 버리기도 했던
것 같다. 기차 운전 했다는 말은 더러 했지만 그 시절 살았던 얘기를
누구한테 자세히 해 본 적도 없다. 스무 살이었고, 부산 어느 병원의
너무나 초라한 쇠침대에 어머니가 누워 있다 죽은 뒤였고, 산도 물도
까만 생판 낯선 땅, 캄캄하게 닫힌 세계에서 혼자였다. 노동의 뜻도
몰랐고 노동계급이란 말도 몰랐다.

　철암 쪽으로 가는 좌석버스는 텅 비어 있었다. 그쪽도 탄광이
많이 문을 닫았다 한다. 차비가 950원. 맨 앞자리에 앉았다. 마음이
아팠다. 나는 지금 스무 살 때의 나를 만나러 가고 있는 것이다. 우리
집 아이가 올해 꼭 스무 살이다. 철암 땅에 스무 살 먹은 또 다른
아이 하나가 있는 것만 같았다. 그리워해 본 적도 없는 아이, 오래
잊고 살았던 아이를 오늘 불쑥 찾아가는 느낌이었다. 탄가루에 절은
작업복을 입은 그 아이는 아직 거기 혼자서 30년 동안이나 나를
기다리고 있을 것 같았다.

　학교 아래 2주공 아파트 앞에서 버스를 탔는데 바로 다음에
서는 정류장이 문곡이라는 기차역 앞이었다. 문곡역이 이렇게 학교
가까이 있었구나. 아, 역 너머 저 옹벽, 그 위에 석탄 더미……. 30년
전 꼭 그대로다. 그래, 저 역에서 사고가 났지. 석탄 실은 화차를 이어
붙이고 있을 때였다. 그런 일을 '입환작업'이라고 했지. 길게 이어

붙인 화차 끄트머리에 또 한 칸을 붙이려고 기관차를 뒤로 몰고
있었다. 뒤쪽 까마득한 데서 신호수가 파란 깃발을 흔들고 있었다.
무슨 생각에 빠졌던가, 깃발을 빨간색으로 바꿔 든 걸 늦게 보았다.
기관차를 먼저 잠깐 세웠다가 아주 살금살금 다가가서 철컹 붙여야
하는데, 그대로 가서 화차 한 칸을 박아 버린 것이다. 그 화차는 철길
밖으로 튕겨나가 버렸다. 큰 사고였다. 그리고 순전히 기관조사인
내 잘못이었다. 신호수는 틀림없이 빨간 깃발을 들었고, 철길이
굽어 돌아 있어 기관사 자리에서는 열차 뒤끝도 신호도 안 보이는
곳이었다. 아주 더운 날이었지. 탄가루를 덮어 쓴 얼굴에 땀이 줄줄
흘렀지…….

그때 일이 떠오르자 나는 내가 이미 이겨 냈다고 생각한 세계,
캄캄하게 닫힌 세계가 아직 내 속에 고스란히 숨어 있다는 걸
느꼈다. 웃고 떠들고 거들먹거릴 때도, 온갖 어른들 눈총을 받으며
'사고 경위서'란 걸 쓰느라 쩔쩔 매던 그 아이는 여전히 내 속에
있었던 것이다.

차창 밖으로 보이는 풍경은 거칠고 쓸쓸했다. 검은 산자락
곳곳에 폐광들, 그 둘레에 폐석 더미, 비어서 허물어져 가는 광원
사택들……. 검은 물이 흐르는 철암천 냇둑 등성길로 버스가
들어서자, 냇물 건너편에 철암역과 그 앞으로 난 외길과 길가 집들이
한눈에 내려다보였다. 별로 변한 게 없다. 역 구내 철길들 너머가
바로 광업소다. 폐광이 된 자리인지 푸른 천막 같은 걸로 산이 덮여
있는 곳도 있고, 탄가루 더미에 뿌리는 물줄기가 하늘을 가리며
솟고 있는 곳도 있다. 탄가루가 바람에 날리지 말라고 저렇게 물을

뿜는다고 했지.

철암역 앞에서 내렸다. 새로 지은 역 건물이 옛날보다 좀 아래쪽에
서 있었다. 역 앞으로 냇둑 따라 다닥다닥 붙은 가게들은 간판은
바뀌었지만 거의 다 눈에 익었다. 새로 건물이 들어 설 자리도
없고, 집들이 이어져 있어 어느 한 집을 고쳐 짓기도 힘든 곳이다.
석강의상실, 뉴대진화점, 대구라사, 희망식당, 백운여관, 경북식당,
딱한잔식당, 보광당……. 경북식당. 자주 들리던 밥집이 여기던가?
그때는 간판도 없었다. 유리창이 달린 나무문을 열어 보았다. 잠겨
있다. 장사를 안 하나 보다. 여기던가, 저 아랫집이던가?

그 밥집 '백반' 한 상이 50원, 국수 한 그릇이 20원, 대포 한 잔이
5원이었다. 그 집에서 일하는 갸름한 젊은 여자가 상을 차렸지.
어렴풋이 얼굴이 떠오른다. 그 상을 받는 게 좋았을까? 퇴근길에
국수 한 그릇 먹고 대포 한두 잔 마시고 했지. 맞아, 장부에 달아
놓고 먹는 집이었다. '몇 월 며칠 국수1, 대포2, 30원' 하고 적던
장부도 생각난다.

내가 처음으로 만년필을 산 가게는 저긴가? 백금당? 만년필 한
자루가 그렇게 갖고 싶었지. 어느 날 큰마음 먹고 가게 문을 열었고
주인이 내놓은 만년필 중에서 'NAVY'라는 상표가 새겨진 걸
골랐다. 그때 나는 그 글자가 '나비'라는 우리말인 줄 알았다. 나비.
이름이 이뻐서 꽤 비싼 그 만년필을 덜컥 사 버렸다. 나중에 알고
보니 일제였지…….

어둑어둑해졌고 추웠다. 내 자취방이 있던 상철암까지는 철둑길을
30분 넘게 걸어야 한다. 오늘 가 보기에는 너무 늦었다. 배도 고팠다.

외투 깃을 세우고 목을 잔뜩 움츠리고 어디 국밥 한 그릇 사 먹을
데가 없나 기웃거렸다. 소주도 한 병 마셨으면. 근처 시장통에
들어가 봐도 그럴 만한 밥집이 안 보인다. 다시 역 앞으로 돌아와
경회루라는 중국집에서 짬뽕을 먹었다. 속이 좀 따뜻해졌다. 가다가
돌아오더라도 자취방 가던 길을 걸어 보고 싶었다. 상철암 가는
철둑길. 그 길을 걸으며 죽고 싶다는 생각도 여러 번 했지…….

　철둑길을 딱 한 번 같이 걸었던 그 여자는 지금 어떻게 되었을까.
귀가 많이 먹은 여자였다. 나보다 몇 살 많았겠지. 그 여자도
상철암에 살았고, 늘 웃고 다녔고, 아무 남자하고나 어울린다는
소문이 돌았다. 동네에서 더러 본 적이 있었고 나한테도 늘 웃어
주었다. 그날 피냇골 들머리에서 우연히 만나 철둑길을 같이 걸어올
때도 자꾸 웃었다. 누가 무슨 말을 해도 잘 들리지가 않으니 그냥
그렇게 웃었겠지. 그때는 그런 생각도 못했다. 나한테도 웃어 주는
여자, 같이 살자고 부탁하면 들어줄 것 같았다. 무슨 얘기를 하다가
그랬던가. 그 여자 귀에 대고 소리쳤다.

　"우리 같이 살래요?"

　그 여자는 또 웃었다. 그리고 역시 큰 소리로 말했다.

　"월급이 얼만데?"

　내 월급은 만육천 원 정도였다. 나는 좀 부풀려서 대답했다.

　"이만 원쯤 돼요."

　그 여자는 또 웃었다. 생각해 보겠다는 얼굴이었다…….

　철둑길은 옛날과 아주 달라져 있었다. 철둑에는 철망이 쭉 쳐지고
그 옆으로 포장된 길이 났다. 조금 걷다가 되돌아왔다. 상철암에는

다음에 다시 와서 가 보기로 하자.

　정류장에서 버스를 기다렸다. 어두워졌다. 하얀 불빛들이
여기저기서 탄 더미를 비추고 있었다. 검은 산에 둘러싸여 빠끔히
열린 검은 하늘에 노오란 반달이 떴다. 잊고 살았는 줄 알았는데,
어쩌면 이런 풍경도 내 마음 구석에 늘 있었는지 모른다 싶었다.
여기가 어쩌면 내 고향인지도 모른다…… 싶었다. (2000년 4월)

## 태백에서 2

　태백은 사방이 산으로 둘러싸인 곳이다. 남쪽은 태백산, 동쪽은
삼방산과 백병산, 북쪽은 내덕산, 서쪽은 함백산. 황지고등학교는
해발 700미터가 넘는 곳에 있다. 산 중턱을 깎아 건물 세 동을
세웠는데, 깎이지 않은 비탈은 온통 자작나무 숲이다. 둘러보면 다른
산에는 낙엽송이 많은 것 같은데 유독 학교 둘레만 자작나무가 숲을
이루고 있다. 학교가 선 이 산자락이 저 먼 북쪽 어디 자작나무들의
고향과 이어져 있는 것일까. 나는 거의 속초, 고성, 거진, 삼척 같은
바다마을 학교에서만 지내 왔다. 이제는 자작나무숲 학교구나.
이 하얀 옷 입은 아름다운 나무들과 동무해서 살기로 하자.
　아이들도 참 이쁘다. 다들 눈빛이 따뜻하다. 나같이 추레한
선생한테도 얼마나 곰살궂게 구는지. 어느 반에서 한 아이가
내 고향을 물었다. 내가 태어나고 자란 곳은 남쪽 바닷가다. 그러나
여기 아이들에게 내 고향도 여기라고 대답하고 싶었다.
　"철암이야. 나 상철암에 살았어."
　"우와, 쟤도 상철암 살고, 쟤도, 쟤도 상철암 살아요."
　"그래? 상철암에 사는 사람, 내 고향 친구들 어디 손 좀 들어 봐."
　넷이다. 반마다 그 정도 된다고 한다.

"그렇게 많이 살아? 나 있을 때는 아주 조그만 동네였는데."

"언제 사셨는데요?"

"꼭 삼십 년 전이야."

"어유, 십 몇 년 전에 아파트가 쫙 들어섰어요."

5층짜리 광원아파트가 열다섯 동이고 또 다른 아파트도 있다고 한다. 탄광이 한창 일어날 때 상철암은 아주 큰 마을이 되어 버린 것이다. 그랬겠구나. 탄광이 모여 있는 철암역 근처는 집이고 아파트고 들어설 자리가 없으니. 지금은 그때보다 사람이 3분의 2는 줄었지만, 그래도 태백시에서는 광원들이 상철암에 가장 많이 모여 산다고 한다.

"거기 철도아파트가 있었는데."

"지금도 있어요."

"옛날 그대로 있어? 2층짜리."

"철도아파트도 5층인데요."

1970년 3월, 영주기관차사무소로 기관조사 첫 발령이 났다. 서울 용산에 있는 철도고등학교 전수부 기관사과에서 1년 동안 교육을 받은 뒤였다. 영주기관차사무소에서는 다시 철암 분소로 가라고 했다. 영주도 처음이었고 더구나 철암은 어디쯤 있는지도 몰랐다. 영동선 기차를 타고 철암역에 내렸을 때, 역 구내 철길들 너머 큰 산 하나가 전부 석탄 더미로 보였다. 이불 보따리 메고 가방 하나 들고 겁에 질려 마냥 서 있었지…….

셋방 얻으러 다닌 생각이 난다. 냇물 건너 판잣집이 다닥다닥 붙은 동네를 돌아다녔다. 방 얻기가 어려웠다. 쭉 이어 지은 판잣집

한 채를 아예 사라는 말을 들었다. 2만 원을 불렀던 것 같다.
그만한 돈이 나한테 없었겠지. 그 지난해에 지었다던가, 상철암에
철도아파트가 있는데 기관조사가 살기에는 너무 멀다고 했다.
열차 시간에 따라 밤이고 새벽이고 나가고 들어오고 해야 하는데,
철둑길을 30분 넘게 걸어야 되는 곳에 있는 방은 아무래도 좀
멀었다. 그래도 철도아파트에 들기로 했다. 거기는 방세가 없었다.

상철암은 탄광마을이 아니고 밭농사 지어 먹고사는 조그만 시골
동네였다. 냇물도 맑았다. 들판 가운데 2층 아파트가 두 동 섰는데,
한 동은 살림집으로 지었고 한 동은 혼자 사는 사람이 쓰게 되어
있었다. 30년 전이니 요즘 아파트와는 다르다. 골마루 양쪽으로
미닫이문이 쭉 나 있었다. 문을 열면 연탄아궁이가 딸린 부엌 겸
나들간. 부뚜막 옆에 신발을 벗고 방으로 올라가게 되어 있었다. 두어
평 되는 방이 한 칸이었고 부엌 쪽으로 다락이 나 있었다. 철암역
역무원들과 기관조사들이 열대여섯쯤 들어 있었던 것 같고, 비어
있는 방도 여럿 되었지 싶다. 살림집으로 지은 데는 제법 크다고
했는데 거기는 들어가 본 적이 없다.

석유풍로 사러 묵호까지 기차를 타고 갔더랬지. 묵호 선창가
난장에서 샀던 그 석유풍로도 생각이 난다. 그때는 불을 붙이는
심지가 동그랗게 하나로 만들어진 게 아니고 가닥가닥으로 되어
있었다. 심지틀을 올리고 내리는 철사가 양쪽에 있었고 심지 높이를
맞추기가 쉽지 않았다. 밥을 하면 냄비 밑에 그을음이 시커멓게
붙었지. 어쨌든 밥 끓일 수 있고 잠잘 수 있으면 사람은 산다.
기관조사 시절에는 밥벌이가 있었고 잠잘 데가 있었다. 오래 가지는

못했지만…….

　학교 관사 방도 만만치 않았다. 허술하게 지었고 낡은데다가, 내가
얻은 방은 겨우내 비워 두어서 보일러 관이 터져 버렸다. 비닐장판
밑으로 물이 질척거리고 벽과 천장에는 곰팡이가 잔뜩 피었다. 절집
방을 한 칸 빌리고 싶었다. 산자락에 폭 파묻힌 절간 뒷방 하나 얻을
수 없을까. 어디 숨 쉴 만한 데가 없을까. 어차피 식구들과 떨어져
사는 김에, 새벽에 일어나 개울물에 낯 씻고 예불 드리고 나물반찬에
절밥 먹고 학교 좀 다녀 봤으면. 퇴근 후에 온 데 골짜기를 훑고
다녔다. 그러나 골짜기마다 폐광된 자리가 아니면, 절이 있어도
둘레가 무슨 유원지거나 관광지였다. 그냥 관사 방을 고쳐서 살기로
했다. 딴 걸 더 바라지 말자. 어디든 밥 끓일 수 있고 잠잘 수 있으면
사람은 산다. 방 수리가 끝날 때까지 부엌에서 지냈다. 방바닥에 워낙
물이 많이 차 있어서, 고치고 불 때서 말리는 데 열흘이 넘게 걸렸다.
그렇게 시간이 지나고, 다시 철암을 찾아간 게 4월 초였다. 이번에도
퇴근길에 바로 버스를 탔다.

　상철암에는 가 보고 싶지 않았다. 달라져 버린 마을을 찾아가기가
두려웠다. 철암천 다리 건너 옛날 판잣집 골목을 돌아다녔다. 골목은
그대로인 것 같은데 판잣집들은 이제 시멘트 바른 집으로 바뀌었다.
극장 이름이 뭐였더라? '2본 동시상영'을 하던 극장 자리에는 조립식
건물이 섰고 당구장 간판이 붙었다. 그 극장에서 영화를 본 적이
있었나? 생각이 안 난다. 영화……. 그래, 상철암 자취방에 있던
레코드 한 장이 떠오른다. '영화음악집'이었다. '철도원' '카츄샤'
'죽도록 사랑해서' 같은 곡이 들어 있었지. 전축이나 녹음기는커녕

라디오도 가져 본 적이 없었던 때다. 그 레코드는 언제 어디서
샀을까. 판을 꺼내서 가늘게 파인 홈 줄을 들여다보고 있거나
껍데기에 찍힌 영화 장면 사진들을 마냥 보고 있거나 했지. 스무 살
먹은 그 아이는 거기서 무슨 세계를 보았을까…….

시장 골목에 들어섰다. 이번에는 꼭 밥 사 먹을 만한 집을 찾고
싶었다. 철암에 자주 오게 되겠지. 여기 오면 그래도 남의 세상을
헤매고 있는 것 같지가 않다. 푸근한 밥집 한 군데만 있었으면.
김이 펄펄 나는 국솥을 화덕에 올려놓은 그런 국밥집이 아무래도
안 보인다. 그렇게 늦은 시간도 아닌데 시장이 너무 썰렁하다.
사람이 끓지 않는다. 조그만 분식집 유리창에 김밥, 우동, 닭발,
순대국이라고 적혀 있다. 여기라도 들어가자.

순댓국과 소주 한 병을 시켰다. 국밥이 나오기 전에 무채 무침으로
소주를 몇 잔 먼저 마셨다. 손님은 나 혼자였다. 내 나이쯤 되어
보이는 주인아주머니가 "못 보던 분인데요." 해서 "황지 살아요. 전에
여기 살았는데 누굴 좀 만나러 왔다가……." 했다. 아주머니는 내
국밥을 차려 주고는 식구들 밥상을 들고 식당에 딸린 살림방으로
들어갔다. "순미아빠, 저녁 드세요. 냉잇국이 참 시원해요." 하는
소리가 들렸다. 사람 사는 일의 눈물겨움에 가슴이 저려 왔다.

용산에서 기차운전 교육을 받을 때, 두 달 동안 하숙을 한 데가
용산 시장 안에 있는 순댓국집이었다. 유리창에 순대국이라고 쓰여
있었지. 처음 한 달은 철도고등학교 옆 하숙집에 들었는데 둘이
한 방 쓰고 한 달에 6천5백 원이었다. 어느 날 시장 골목을 지나다가
그 순댓국집 문에 '한 달 하숙 3천 원'이라고 써 붙인 걸 보았다.

정말 싸다. 부모님한테 많은 돈을 부치라고 할 형편이 아니었다.
함지에 생선을 이고 팔러 다니던 어머니가 앓아누워 있었다.
그 집으로 옮기기로 했다.

　하숙방은 밥집 다락이었다. 앉아서 손을 들면 천장이 닿았다.
다락 가운데를 합판으로 막아 방 두 칸을 만들어 놓았다. 합판에
뚫린 구멍으로 형광등 한 개가 방 두 칸에 걸쳐져 있었다. 두 방으로
올라가는 사다리가 양쪽으로 따로 있었고, 한 방은 하루 40원씩
내고 자는 사람, 한 방은 하숙하는 사람을 받았다. 하숙 든 사람은
나 말고 둘이 더 있었다. 무슨 회사 사환이라는 아이와 시장에서
잡화 행상하는 아저씨였다. 두 방 다 아무리 끼어 누워도 대여섯
이상은 잘 수 없는 방이었다. 세수는 밥집 수돗물을 받아 시장
골목에서 했다. 아침이면 양쪽 다락에서 내려온 사람들이 같이 밥을
먹었다. 사 먹는 밥은 20원짜리와 30원짜리가 있었고, 하숙밥은
30원짜리로 주었다. 10원 차이로 밥상이 어떻게 달랐는지는 기억이
안 난다. 거의 끼니마다 양배추를 썰어 넣은 국이 나왔는데, 나는
그런 양배춧국을 순댓국이라고 하는 줄 알았다. 여기서 기관조사 할
때도 순댓국을 그렇게 알고 있었지. 참 얼뜬 아이였다. …… 자, 이게
순댓국이야. 먹어 봐. 술도 한잔 해.

　술기운이 올랐다. 이제 그만 돌아가자. 시장 골목을 나와 철암역
앞으로 걸어 내려왔다. 버스가 닿았다. 차 안 불빛이 따뜻해 보였다.
버스에 올랐다. 또 나 혼자 떠나는구나. 너는 언제까지나 여기 남아
있어야 하는구나. 취해서 밤 버스에 흔들리며 돌아가는 나를
그 아이가 바래 주고 있는 것 같았다. (2000년 5월)

# 태백에서 3

경상북도 영주에서 강원도 강릉까지, 193.4킬로 되는 기찻길이
영동선이다. 철암역은 영동선 중간에서 조금 남쪽에 있다. 지금은
달라졌는지 모르지만, 영주기관차사무소 철암 분소가 영동선에서
운행을 맡은 구간은 철암에서 도계까지였다. 그 북쪽은 북평기관차
사무소, 남쪽은 영주기관차사무소가 맡고 있었다. 철암과 도계
사이는 25킬로밖에 안 되는 거리지만 탄광들이 모여 있는 곳이다.
저탄장 옆에 깔린 철길로 화차를 달고 가서 석탄을 실어 내고,
화차를 이어 붙이고, 그 화물열차를 끄는 게 주로 하는 일이었다.
　철암 다음 역이 백산이고 그 위로 통리, 심포리, 흥전, 나한정,
그리고 도계역이다. 흥전에서 나한정 사이는 우리나라에서
한 군데뿐인 '스위치 백' 구간이다. 산등성이에 있는 흥전역에서
기차를 거꾸로 몰아 산비탈 아래쪽에 있는 나한정역으로 가야 한다.
만일 졸거나 해서 흥전역에서 그대로 달려 버리면 기차가 낭떠러지
밑으로 내리꽂히는 것이다. '까딱 잘못하면 비행기 탄다.'고들 했다.
　철길은 직선거리 1000미터에 높이 30미터 이상 비탈지게
깔 수 없다고 한다. 그런데 그 한도를 넘어선 구간이 철암과 도계
사이다. 25킬로에 기차 굴이 열다섯 개. 굴천장에서는 언제나

물이 뚝뚝 떨어지고 있었다. 험한 데였다. 성능 좋은 기관차는
여객열차 몫이었고, 걸핏하면 기관 과열 경보등에 불이 들어오면서
뜨릉뜨릉뜨릉 하는 경보음이 혼을 빼놓는 낡은 디젤기관차를 몰고
석탄을 실어 날랐다. 지금은 전기기관차가 다니고 있으니, 옛날
얘기다.

30년 전 그 시절을 돌아보면, 검은색과 흰색만으로 된 그림들이
떠오른다. 숯그림이다. 기찻길 옆에 탄가루를 덮어 쓴 작은 마을들,
석탄 더미, 탄 캐는 광부들과 탄 나르는 철도원들, 3월에도 4월에도
펑펑 퍼붓던 흰 눈, 통리고개 철길 위를 흐르던 흰 안개구름…….
아, 그 숯그림 속에 한 그릇 수북한 하얀 쌀밥이 보인다. '입환작업'을
하다가 밥때가 되어 얼굴도 손도 새까만 채로 역전 식당에 앉으면,
밥그릇 수북이 퍼 담아 주던 하얀 밥. 김 나는 하얀 밥 빛깔처럼
눈부신 게 또 있을까…….

석탄 실은 화차를 까마득히 길게 이어 붙인 화물열차. 스무
살의 나는 지금 기관차 안 기관조사 자리에 서 있다. 정거장이다.
창문으로 고개를 내밀고 철길 갈래들을 보고 있다. 전철기가
젖혀진다.

"포인트 오라잇!"

기관사가 "포인트 오라이." 하고 좀 작은 소리로 받아 준다. 그런 걸
'환호응답'이라고 했지. 키 큰 장내 신호기가 들려 있다가 꺾인다.

"장내 오라잇!"

기관사가 "장내 오라이." 하고 받는다. 철길 갈래 끄트머리에
서 있는 출발 신호기를 본다. 신호가 떨어진다.

"출발 오라잇!"

이제 나는 창문으로 목을 빼고 열차 뒤끝을 본다. 화물열차 끝에
달린 빨간 차장차 옆에서 차장이 파란 깃발을 돌린다. 밤열차에서는
깃발 대신 파란 등불이다.

"발차!"

차장이 차장차 계단에 올라탄다. 열차가 떠난다. 기관사가 '놋찌'를
천천히 올린다. 열차가 속력을 내기 시작한다. 나는 여전히 뒤를 보고
있다. 열차 뒤끝이 정거장을 벗어난다.

"후부 오라잇!"

이제 앞을 본다. 기적을 한번 부아앙 울리고 자리에 앉는다…….

한여름 무더운 날, 냉각선풍기가 자동으로 작동이 안 되는
낡은 기관차를 몬다. 기관 문을 열고 성냥개비를 냉각선풍기 단자
밑에 끼워 넣어 미리 강제 작동을 시켜 놓았다. 그래도 불안하다.
굴속에 들어서면 기관차 유리창이 손을 못 댈 만큼 뜨겁다. 굴속이
1000분의 30이 넘는 비탈이다. 올라갈라나? 기관 과열 경보등에
빨간불이 들어온다. 경보음이 울린다. 기관이 꼬르륵 죽어 버린다.
문을 열고 기관차 난간으로 뛰어나간다. 굴천장에서는 물이 뚝뚝
떨어지고 안경알에 김이 서려 아무것도 안 보인다. 손가락으로
안경알을 후딱 문지른다. 기관 문을 열고 수동 작동을 시켜 본다.
아, 살아난다. 다행이다. 살아나지 않을 때도 있다. 제동이 풀려
기관차가 뒤로 굴러가기 전에 바퀴마다 제륜자를 받쳐야 한다.
나무로 만들어 철사에 꿴 제륜자 꾸러미를 메고 굴속을 뛴다.
굴 바닥도 물이 철벅거린다. 제륜자를 다 받쳤으면 굴 밖으로 달려

나간다. 굴속에서는 무전기를 못 쓰는 것이다. '구원기관차'를 불러야
한다…….

일이 끝나고 사무소로 돌아온다. 운행 시간, 운행 거리, 쓴 기름,
남은 냉각수 따위를 적는 장부가 있었지. '구원기관차'를 부른 날은
적어야 할 게 아주 많았다. 운전하다가 졸리면 낯을 씻으라고 내
준 '가수방지 물통'과 또 몇 가지 물건을 반납하고, 다음번에 탈
기관차와 시간을 확인한다. 이제 자취방으로 돌아간다. 역 구내
철길들을 건너 철암역을 빠져나와 상철암 가는 철둑길을 걷는다.

상철암이라는 마을은 철암역과 백산역 사이, 기찻길 옆에 있다.
철암역에서 시장 쪽으로 따라가면 첫 번째 철길 건널목이 나오고,
건널목 건너 바로 올라가면 피냇골, 철길 따라 옆으로 한참을 가면
상철암이다.

상철암 철도아파트 자취방에 돌아와서는 뭘 했나? 공동수도가
있었지. 거기서 씻고 빨래하고 쌀 씻어 밥 안치고……. 책도
읽었던가? 자취방에 있던 책 한 권이 생각난다. 겉장이 빨간 루이제
린저의 소설 『생의 한가운데』. 전혜린 번역이었지. 고등학교 2학년
때, 한 동갑내기 여학생이 생일 선물로 준 책이었다. 서로 한 번 설핏
보았을 뿐, 편지로만 어설픈 연애를 했던 그 여자아이는 그때 서울
어느 미술대학 학생이 되어 있었고, 나는 고등학교 졸업한 뒤로 내가
있는 곳을 그 여자아이에게 알리지 않았다. 꽤나 괴로웠겠지.
내 딴에는 첫사랑이었을 테니.

상철암 철도아파트에 찾아간 날이 음력 4월 보름, 어머니
제삿날이었다. 퇴근 후에 속초 집까지 갔다가 새벽에 돌아오기는

힘들다. 수업을 빼거나 바꾸기도 싫었다. 집에 아이가 다 컸고,
또 서울 사는 누나 둘이 제사 모시러 속초로 내려오니 나는 그냥
태백에 있기로 했다.

그러나 학교 관사 방에 앉아 있을 수가 없었다. 저녁을 지어
먹고 철암 가는 버스를 탔다. 집에서는 어머니 제사 음식을 만들고
있겠지…….

용산 시장 순댓국집 다락에서 하숙을 하고 있던 1969년 5월,
어머니가 부산대학 병원에 입원했다는 연락을 받았다. 위독하다고
했다. 밤차를 타서 부산에 새벽에 닿았다. 보통급행이 서울에서
부산까지 여덟 시간 걸리던 때였다. 철도고등학교 전수부
교육생이라는 신분증을 보이고 사정을 하면, 특급은 안 되지만
보통급행은 공짜로 탈 수 있었다. 여덟 시간을 문 밖에 서서 갔던
생각이 난다. 안에 빈자리가 있었는지 어쨌는지는 모르겠지만, 표도
안 끊고 앉아서 갈 염치가 없었던 것이다. 그 시절에는 기차를 늘
그렇게 타고 다녔다.

어머니는 칠이 벗겨져 군데군데 녹이 슨 쇠침대 위에 누워 있었다.
나를 겨우 알아보는 듯했다. 이미 아무것도 삼키지 못했다. 누가
그랬나, 미원이라는 조미료를 물에 타서 먹여 보라고 했다. 한 숟갈
떠 넣어 드렸지만 그것도 입가로 다 흘러 버렸다. 다음 날이었나 그
다음 날이었나, 어머니는 돌아가셨다. 지금 내 나이보다 겨우 세 살
많은 쉰셋이었다. 신장염이라고 했다.

상철암은 못 알아보게 달라져 있었다. 아이들이 말한 대로,
내 자취방이 있던 2층짜리 아파트는 없어지고 그 자리에 5층

아파트가 세 동 섰다. 언제 지었는지 그것도 아주 낡은 건물이었다.
이름은 그대로 철도아파트였다. 그 옆으로는 벌판이었던 자리를
가득 메운 광원아파트 열다섯 동, 앞쪽에는 가게들이 줄을 이었다.
헤어뱅크, 록수다방, 디럭스팻트, 앵두실내포장마차, 주오머리방,
댕큐머리방, 윤비디오, 삐삐야식, 갈채단란주점, 가족노래방,
가나안미용타운, 춤추는머리나라…….
　동네에서 좀 떨어진 냇둑 옆 술집에 앉았다. 또 술 마신
얘기를 써야 하나…….'돼지곱창 1인분 4000원, 주물럭 1인분
6000원'이라고 벽에 써 붙였다. 돼지곱창을 시켰다. 소주 두 병을
마셨다. 많이 취했다. 들고 다니던 공책에 뭐라고 끄적거렸다. 거의
알아볼 수 없는 글씨다.


　그 아이는 여기 없다.
여기 살지 않는다.
1970년 10월 20일 월급날
피냇골 밥집 외상값을 갚고
시래기 무침으로 개평술 반 되 얻어 마시고
밤열차를 탔다.
이제 그 아이는 여기 살지 않는다.
탄가루에 절은 작업복도 모자도 두고
앉은뱅이책상도 두고 밑이 까만 냄비도 두고
이불도 베개도 두고
영동선 밤열차로 아무도 몰래 떠났다.

태
백
에
서

한 손에는 비닐가방, 한 손에는 보자기에 싼 석유풍로,

그리고 숟가락은 챙겼지만, 이제 그 아이는

끼니를 챙기지는 못한다…….

(2000년 6월)

# 빈 마을에서

광산길 양옆, 가파른 산비탈에 꼬불꼬불 길을 내고 집들을 지었다.
폐광 근처 산동네. 이제는 모두 떠나고 빈 마을이다.

다들 어디로 갔을까. 모여 살아 보려고 애를 쓴 흔적이 온
산비탈에 그대로 남아 있다. 공동변소, 물탱크, 축대, 도랑 위에
나무다리, 남새밭 자리며 호박넝쿨이 올라간 헛간, 방문 앞 축담에
연탄아궁이, 집 벽에 붙여 지은 닭장…….

풋대추가 주렁주렁 열린 대추나무가 빈 마당을 지키는 집,
방 안에 초등학교 아이 공책이 한 권 남아 있다. 겉장에 이름이
적혔다. 3학년 김연정. 이 아이는 어느 학교로 옮겨 갔을까. 거기서
이 아이를 따뜻하게 안아 줄 선생님을 만났을까. 아, 제발 그래야
할 텐데.

또 어느 집 방에는 버리고 간 세간들 틈에 교과서가 한 권 섞여
있다. 고등학교 '문학' 교과서다. 탄가루가 새까맣게 묻었다. 허물어진
축담에 앉아 그 책을 펴 보았다. 아주 공부를 열심히 한 아이의
책이다. 볼펜으로 밑줄을 치고 연필 자국을 내며 외운 표시가 쪽마다
나 있다. 첫 쪽 밑줄 그은 데를 아무 생각 없이 읽다가 나는 그만
숨이 콱 막혔다.

'말이란 음성으로써 생각을 표출하는 것이라고 정의할 수 있다. 정의란 이처럼 형식 조건과 내용 조건이 함께 충족되어야 한다.'

'경험이란 무엇인가? 그것은 인간이 자신을 둘러싸고 있는 환경과 관계 맺는 교섭 일체라 할 수 있다.'

대체 무엇 때문에 이런 글을 밑줄 쳐서 외우게 했을까. 공부하려고 이토록 애를 쓴 이 아이는 여기서 무엇을 배웠을까. 그리고 이 문학 교과서는 왜 버리고 떠났을까……. (2000년 9월)

# 첫눈

　다섯 시 사십 분. 보충수업 끝내고 골마루를 나서면 학교 뜰은
벌써 어둑어둑하다. 자작나무들이 잎 다 떨구고 늘 서 있던 비탈에
그대로 서 있다. 자작나무 가지가 끝닿은 밤하늘에서 싸락눈이
날린다.

　아이들이 급식소로 뛴다. 나도 아이들 틈에 끼어 줄 가는 대로
걸음을 떼며 고개 젖히고 온 얼굴로 눈 싸라기 싸라기를 맞는다.
마구 오너라, 첫눈!

　한 아이가 우산을 받쳐 준다. 눈발을 가리니 밥 냄새 국 냄새가
우산 밑으로 흐른다. 배가 고프다. 태백산맥에 첫눈 내려 새도 짐승도
저녁을 굶는 날, 나는 어찌 밥벌이를 했는지 콧물 훌쩍이며 쌀밥을
먹는다.

　아이들은 몇 시간 더 학교에 남아야 한다. 나는 이제 퇴근길이다.
도서실 뒤편 가랑잎 수북한 계단 내려가서 체육관 지나 사택 가는
등성길. 눈발이 거세어진다. 남의 밥을 먹은 속이 아프다. 싸락눈아,
마구 오너라. 저 캄캄한 산맥 위에, 삽당령 버들고개 노루고개 피재
너덜재 만항재 위에, 내 삶 위에! (2000년 11월)

# 장터

오일장 가운데 우리 동네 양양장이 영동지방에서는 가장 크다고 한다. 설악산 자락이라 철이 되면 온갖 산나물 들나물과 열매들이 장에 나오고, 골골이 밭도 많고 버덩도 꽤 넓어 갖가지 곡식도 푸지게 나온다. 바다를 끼고 있어 어물전도 걸판진 편이다. 오징어 명태에, 명란 창란 서거리 같은 젓갈에, 심퉁이 물망챙이 곰치 가자미 청어 따위 동해바다 물고기 구경도 할 만하다.

장 구경하는 것만큼 푸근한 일이 또 있을까. 올챙이국수 한 그릇 사 먹고 장터 골목 여기저기 기웃거리고 있으면, 평생 낯선 얼굴들 눈치 보며 낯선 세상 헤맨 설움이 좀 씻긴다.

양양 장터에 내가 아주 좋아하는 데가 있다. 조막조막 자루에 담아 온 곡식이며 단으로 묶어 온 푸성귀며 놓고 할머니들이 쭉 앉아 있는 골목이다. 함지박 위에 좌판을 얹고 된장 고추장 막장을 밥그릇에 담아 파는 분도 있고, 염장고추며 무장아찌며 깻잎장아찌를 파는 분도 있고, 늦은 봄에는 땅에 묻은 독에서 꺼낸 묵은 김치를 파는 분도 있다. 그런 데서 할머니들이 파는 먹을거리는 보기만 해도 절로 입에 침이 고인다.

장 구경하며 요즘 내가 꾸는 꿈이다. 서너 해 뒤면 나도 양식 하고

조금이라도 남을 만큼 곡식농사를 지을 수 있겠지. 찬거리 하고
조금이라도 남을 만큼 푸성귀농사도 지을 수 있겠지. 그러면 저
할머니들 틈에 자리 하나 얻어 장날이면 함지박 위에 좌판 벌이고
앉아야지. 강낭콩 동부콩도 까서 양푼에 담고, 가지 애호박도
몇 개씩 얌전히 올려놓고, 수수며 조며 메주콩이며 자루에 담아
아귀 벌려 놓고, 참깨 들깨 조그만 됫박에 소복이 담고, 알타리무며
열무도 곱게 다듬어 묶고, 사잇골에 지천으로 돋는 머위도 데쳐 껍질
벗겨 올려야지.

　저잣거리 비럭질하듯 애면글면 살아온 세상. 닷새에 하루 볕바른
자리에 내 좌판 놓고 앉아서 내가 가꾼 먹을거리 팔 수 있다면,
나는 진짜 내 인생에서 더 바랄 게 없다. 되도 않은 책도 글도
다 버리고……. (2000년 12월)

# 길택이 무덤

날씨가 좀 풀려 여기 태백산맥 자락도 볕바른 둔덕은 눈이 녹았다.
흙이 보인다. 산 고랑에도 눈이 많이 가라앉았다. 학교에서 멀찍이
보이는 매봉산도 등성이는 눈을 벗었다. 저 산 뒷자락에 길택이
무덤이 있다.

3학년이 학교에 안 나와 오늘은 오후 시간이 다 비는 날.
길택이한테 가 보고 싶다. 갈 만해졌을까? 가 보자. 눈도 눈도 올해
같은 눈은 처음이지. 몇 날 며칠 세상천지 아득히 가득히 눈 내려
덮일 때 길택이는 거기서 외로웠을라나, 혼자 설렜을라나.

차로 한 시간 거리. 싸리재 넘어 고한 거쳐 사북 지나 풍촌
삼베마을 못 미쳐서 산길을 20분쯤 걸어 올라가면 된다.

산골 마을, 눈 더미에 폭 싸인 길가 구멍가게에 들렀다. 점심 요기
거리로 빵이라도 사서 길택이와 나눠 먹고 싶었다. 빵이 떨어졌다고
한다. 초코파이 다섯 개, 소주 한 병을 봉지에 담았다.

산길 그늘진 데는 아직 무릎이 빠지게 눈이 쌓였다. 올라가면
묏등이 보일까? 산새들이 푸드득 난다. 나뭇가지에 쌓인 눈이
떨어진다. 산비둘기가 꾸루루루 운다.

길택이 무덤은 햇살을 받아 봉긋이 떼가 드러나 있었다. 절을

하기도 쑥스러워 그냥 종이잔에 술 몇 잔 부어 뿌리고 나도 두어 잔 마셨다. 초코파이 한 개는 내가 먹고 네 개는 껍질 까서 돌상 위에 올려 두었다. 내가 가고 나면 길택이는 이거 배고픈 산새들한테 다 나눠 주겠지.

앞을 보나 옆을 보나 눈 덮인 산만 첩첩한 곳. 이승이나 저승이나 한 세상 같아 나는 거기서 길택이랑 지난 얘기 하며 한참 재미있게 놀았다. (2001년 2월)

산 끝자락에 내려와 서성이던 고라니 한 마리가
사람 기척에 냅다 등성이 쪽으로 치닫는다. 고라니
몸에 시누대 댓잎 스치는 소리, 발굽에 가랑잎
밟히는 소리가 산을 흔들어 깨운다.
나는 오늘 이 새벽에 고라니한테 애걸하고 싶은
심정이다. 제발 그렇게 달아나지 마. 너한테 내가
무섭다는 게 너무나 끔찍하다. 어린 짐승한테,
어린 아이한테, 어린 목숨한테 내가 무섭다면
나는 이 세상에 없는 게 나아!

다시
사잇골에서

# 비

6월 10일, 일요일. 속초글쓰기회 식구들이 모여 사잇골 밭에 콩을
심는다. 어저께 약한 소나기가 스쳐 지나가 겉흙이나마 적셨으니,
이때에 맞춰 씨앗을 넣으면 싹이 날까 싶어서다. 비 한 방울
구경하기가 돌부처 눈물 구경하기만큼 힘들다. 씨 못 뿌려 비워 둔
밭에 명아주가 무릎에 닿게 욱었다. 초봄에 돼지똥 거름 한 벌 깔고
갈아 둔 밭이다. 밭을 다시 갈고 풀 걷고 두둑 만들어 겨우 콩을
심기는 심었다. 흙은 여전히 팍팍하고 바람이 불면 온통 흙먼지다.
    감자 줄기는 군데군데 꺼멓게 말라 죽었다. 일을 마치고 해거름에
감자밭 고랑을 걸어 나오는데, 탁동철 선생이 쭈그려 앉더니 죽은
감자 포기 밑을 호미로 파고 있다. "할머니는 이것도 밥에 넣는다고
캐던데……." 보니, 꽃도 못 피워 보고 죽은 줄기 밑에 콩알만 한

감자가 두어 알 붙었다.

6월 17일. 다시 모여 고구마를 심는다. 며칠 뒤가 하짓날이니 지금 못 심으면 늦어 버린다. 봇도랑 물을 긁어 두둑에 붓고 순을 심고 다시 물을 준다. 물에 꺼먼 이끼가 둥둥 떠다닌다. 설악산 골짜기 드넓은 저수지 물이 철철 흐르던 봇도랑이다. 이 물도 말라 간다.

관리기로 골을 타는 김상기 선생은 온 얼굴 온몸에 흙먼지를 덮었다. 안경알과 이빨만 하얗게 반짝반짝한다. 남은 밭에 팥을 심고 콩도 더 심고, 이제 500평 넘는 밭에 곡식을 다 심기는 했다.

지쳐서 일찍 자리에 누웠다. 밤중에, 빗소리에 잠이 깨었다. 비가 줄줄 내리고 있다. 한밤중 온 세상천지에 빗소리 빗줄기 비 냄새가 가득하다. 비가 밤새도록 내린다. (2001년 6월)

# 책을 읽고

1

　나도 글공부를 좀 해 봐야겠다고 기를 쓰고 산 세월이 얼마나
될까. 헌 책방 새 책방 돌며 사 모은 책이 천장에 닿게 둘러싸인 방.
불 밝힌 책상에서 밑줄 쳐 가며 책을 읽다가 새벽을 맞을 때, 이렇게
살면 되겠다, 이렇게 살면 길이 보일지도 모른다 싶기도 했지. 이제
나는 책상 앞에 앉지 않는다. 글공부로 밥값을 할 만한 인간이
못 된다는 걸 늦게나마 깨달은 셈이다. 요즘은 튼튼하게 잘 만든
지게를 보면 그렇게 탐이 난다. 나뭇짐 지고 와서 지게를 세우다가
뒤로 자빠져 지겟가지를 두 번이나 분질러 먹고 나니, 남의 집 처마
밑에 걸어 둔 지게가 자꾸 눈에 들어오는 것이다. 책도 더러 들기야
하지. 펴 보고 읽히면 읽고 어딘가 걸리는 데가 있으면 그냥 덮는다.
소설이든 동화든 이야기 책 한 권을 끝까지 읽어 본 지도 참 오래
되었다. 더구나 문학평론이란 글은 읽어 본 게 언젠지도 모르겠다.
　『아동문학과 비평정신』을 읽었다. 우선 나 자신한테 새삼스레
놀랐다. 이 책에서 다룬 작품 가운데 읽은 글이 거의 없는 것이다.
허허, 아주 까막눈이 되었구나. 좋은 일이다……. 그냥 책을 읽은

느낌은 이랬다. 원종찬 선생은 사람의 진정을 찾아보려고 이리 애를
쓰는 사람이구나. 사람의 진정을 읽을 줄 아는 사람이구나. 글공부로
밥값을 하는 참 드문 사람이구나. 마음이 짠하다고 해야 하나, 책을
읽으면서 내내 그랬다. 요즘 여기 한창 햇감자 나오고 햇옥수수도
따는데 같이 좀 먹었으면. 한창 상추 쑥갓 나오고 가지 애동호박
달리는데, 나물 볶고 쌈장 만들어 밥 한번 같이 먹었으면. 책날개에
박힌 환하게 웃는 얼굴 사진을 자꾸 보았다.

  그런데 책 앞부분 어디에 원종찬 선생 글을 비판했다는 누구 글이
인용으로 나와 있다. 이름이 뭐더라? 다시 들춰 찾아보기도 싫다.
대체 어떻게 사는 사람이기에 그런 소리를 하나? 그 사람하고도
같이 밥 한번 먹고 싶다. 먹고 사는 얘기나 들으면서.


  2


  밥 끓일 수 있고 잠잘 수 있어야 산다. 하루 세끼 곡기로 배를
채우고, 너무 춥지 않고 너무 덥지 않고 모기에 물리지 않고 천장에
쥐가 없는 방에서 잠잘 수 있어야 한다. 다른 괴로움이고 아픔이야
어쩌겠나, 아무리 버거워도 저마다 제 몫이 있겠지. 나한테도
내 몫이 있을 테고.

  사람의 세상살이에 대해 나는 대충 이 정도만 생각하고 살기로
했다. 조금 더 보태면, 해 뜨고부터 해 질 때까지는 일하고 저녁
먹고 나면 쉴 수 있어야 한다. 물론 저 좋아서 하는 일이야 어쩔 수

없지. 아이들은 낮에도 먹고 놀아야 한다. 저 좋아서 놀이 삼아 하는 일이야 두고. 나를 위해서나 남을 위해서나 요만한 세상을 바라는 사람이라면 나는 그 사람과 한패다.

『괭이부리말 아이들』을 읽었다. 지은이 김중미 씨와 한패가 되어 내리 읽었다. 지은이가 사는 세상, 그리는 세상이 내게도 사무쳐서. 2권 124쪽, 이 대목에서는 눈물이 흘렀다.


"명환아, 애 국에다 밥 좀 말아 줘라."
명환이는 불쌍한 눈으로 아이를 내려다보다가 가스 레인지에 국 냄비를 올렸다.
동수는 아무 말 없이 청소를 계속했다.
아이는 국 한 그릇에 만 밥을 게눈 감추듯 단박에 먹어치웠다.
"더 줄까?"
명환이가 묻자 고개를 크게 끄덕였다.
아이는 밥을 두 그릇이나 먹어치우더니 밥상머리에 앉아 꾸벅꾸벅 졸았다.

― 김중미, 『괭이부리말 아이들 2』, 창작과비평사, 2000


지은이는 이 이야기를 쓰지 않을 수가 없었겠지. 쓰지 않을 수 없어서 쓴 글을 참 오랜만에 읽었다. 그러고 보니 지금까지 죽어라고 안 읽힌 책들은 왜 썼는지 모르겠는 글이었구나 싶다. 괭이부리말 영호네 식구들에게 손잡고 꼭 데려가고 싶은 아이가 있다. 영호야, 동수야, 동준아, 숙자야, 숙희야, 호용아, 이 아이를 좀 받아 줘.

이 세상에 누구보다도 너희가 필요한 아이야. 그런데 어쩌면 좋니?
너무 늦었으니! 한겨레신문 7월 17일자 14면에 난 기사를 옮긴다.
(2001년 7월)


사회의 무관심 속에 정신지체장애를 앓아 온 한 소년이 8개월 동안
대구 시내를 헤매며 구걸 등으로 끼니를 이어 오다 결국 굶주림에 지쳐
숨졌다.

지난 9일 오전 7시 30분께 대구시 중구 ㄷ초등학교 뒤편 옥수수
밭에서 심아무개(15·ㅅ중학교 2년 중퇴) 군이 숨진 채 발견됐다. 숨진
심 군의 입 안에는 먹다 만 생옥수수가 가득 차 있었다. 이 초등학교
관계자는 "심 군이 숨지기 전날에도 옥수수 밭을 찾아와 아직 채
여물지도 않은 옥수수를 꺾어 익히지도 않고 먹었다."고 말했다.

심 군은 4년 전 아버지를 여의고 어머니와 함께 10평도 안 되는
영세민 아파트에서 근근이 생계를 이어 오다, 지난해 11월 빚에 쪼들린
어머니마저 집을 나갔다.

혼자가 된 그는 집안 살림살이에 법원의 압류딱지가 붙어 사용할
수 없게 되자 수돗물로 허기를 때우며 고단한 삶을 버텨 왔다. 게다가
동네 불량배들이 심 군의 집을 아지트로 사용하려고 위협해 집에서
내쫓으면서 심 군은 결국 학교도 그만두고 거리를 떠돌기 시작했다.

이웃들은 "심 군이 역 대합실이나 은행 현금인출기 안에서 새우잠을
잤으며 시내 곳곳을 돌아다니며 구걸로 배를 채우고 이마저도 어려우면
내다 버린 음식까지도 먹었다."고 말했다.

## 콩대

콩 터는 날. 빈 밭에서 아이들이 논다. 다섯 살배기 솔애, 하은이. 한 살 위인 다솔이. 초등학교 3학년 진솔이. 손수레를 타고 끌고 놀더니 이제는 숨바꼭질이다. 술래는 솔애. 밭 가운데 서서 두 손바닥으로 눈을 가렸다.

"꼭꼭 숨어라, 머리카락 보인다."

진솔이는 밭 가장자리 마른 풀섶에 엎드렸다. 다솔이는 달려와서 콩 타작 하느라 깔아 놓은 천막을 뒤집어쓴다. 하은이는 콩대 더미에 머리만 박고 엉덩이는 하늘로 쳐들었다. 점심으로 라면 한 공기씩 먹고 배나 찼는지, 아이들이 온종일 밭에서 논다. 머리칼에 바짓가랑이에 도깨비바늘이며 털진득찰이며 풀씨를 잔뜩 붙이고.

우리는 둘러앉아 작대기 하나씩 들고 콩대를 두드린다. 속초글쓰기회 식구들이다. 콩농사는 올해도 시원찮다. 가뭄 볕에 꼬투리가 데었다고 한다. 더러 콩이 실하게 여문 포기도 있다. 그런 콩대는 밭에 서 있을 때부터 줄기며 이파리가 바싹 말랐다. 쭉정이만 달린 콩대는 베어 세워 둔 지 한 주일이 지났는데 아직 잎도 줄기도 시퍼렇다. 제 자식 제대로 키워 내지 못해 차마 눈을 못 감는지.

농사 좀 못 된 거야 하늘이 하는 일이니 어쩌겠나. 아이들 저리

뛰고 뒹굴며 놀고, 우리는 오늘 정말 아무 시름도 없이 이렇게 모여
일하며 하루를 보내는구나. 그러나 뛰노는 아이들 저 작은 배를 채울
먹을거리를 '제국'의 쇠갈퀴가 긁어 가 버린다면, 아이들 저 작은
머리 위로 우박같이 쇠붙이를 쏟아붓는다면, 우리도 콩 터는 작대기
대신 총대를 메고 산맥을 탈 수밖에 없겠지. 눈을 시퍼렇게 뜨고.

(2001년 11월)

## 메밀꽃

올해 메밀을 조금 뿌렸다. 밭농사 칠 년 만에 처음이다. 메밀이나
수수나 조 농사는 어째 자신이 안 섰다. 잡곡 거두어 마당질 하고
알뜰히 갈무리해서 양식으로 할 만큼 제대로 된 농사꾼이 아닌
것이다.

봄에 콩밭 맬 때던가, 탁동철 선생이 이웃 밭에서 솎아 버린
조 몇 포기를 주워서 우리 콩밭가에 심었다. 수수 솎은 것도 아이
엄마가 어디서 한 아름 얻어 와 옥수수밭 끄트머리에 심었다. 메밀도
한번 뿌려 볼까?

양양장에서 메밀 넉 되를 샀다. 옆집 사는 김상기 선생과 냇가밭
귀퉁이, 칡넝쿨 뻗고 풀이 허리까지 욱은 땅을 일궜다. 둘이서
한나절 일해 서른 평 남짓 밭 꼴을 만들어 놓으니 어두워졌다. 달도
없어 컴컴한 밤에 짐작으로 메밀씨를 흩뿌리고 갈퀴로 긁어 주었다.

고르게 돋지는 못했지만 싹이 돋았다. 붉은 줄기 다투어 자라고
작고 푸른 잎이 금세 밭을 덮었다. 어느 날 보니 하얗게 꽃을 피웠다.
아, 이뻐라. 세상이 환해졌네. 저리 환한 꽃밭을 이루는 곡식이 또
있겠나.

그 메밀밭을 물이 휩쓸었다. 옥수수밭도 콩밭도 고구마밭도

휩쓸었다. 8월 31일 토요일, 그날 밤새껏 내리는 비는 산이고 들이고 집이고 아주 결딴을 낼 작정이었다. 이 골짝 마을 사람들은 전기도 끊긴 밤에 폭포 같은 빗소리 들으며 그냥 지붕 밑에 웅크리고 있었다. 바로 윗동네는 산이 무너져 집이 깔리고 사람이 죽었다. 여기 사잇골 뒷산은 버텨 주어서 우리는 살아 아침을 맞았다. 비가 멎었다.

낸가밭에 가 보았다. 육백 평 밭에서 자라던 곡식이 완전히 납작하게 엎드려 흙탕에 박혀 있다. 나는 그냥 고개를 돌려 버렸다. 그래도 모래흙이나 돌에 덮여 버린 밭에 견주면 피해라고 할 수도 없었다. 어쨌거나 그 뒤로 낸가밭 근처에도 안 갔다. 볼 수가 없었다.

한 주일쯤 지났나, 김상기 선생이 와서 그런다.

"메밀이 거의 일어섰어요!"

메밀이? 꽃을 단 채로 흙탕에 머리를 처박힌 메밀이?

정말이었다. 붉은 줄기는 그대로 땅에 붙어 누운 채로, 더러는 줄기까지 비스듬히 몸을 일으키며 메밀이 온통 하얗게 하얗게 머리를 쳐든 것이다. 해가 반짝 난 게 이삼 일이나 되었을까. 줄곧 찔끔거린 비에 낯까지 씻었는지, 흙탕에 박혔던 흔적도 없는 하얀 꽃들. 눈부시다. 눈부신 생명이다. (2002년 9월)

# 다시 사잇골에서

## 글쓰기

동이 틀 때가 되었나? 창호지에 흰빛이 어슴푸레 서렸다. 다섯
시 반이다. 아직 동틀 때는 멀었는데. 아, 뒤뜰에 또 눈이 덮였지.
눈빛이구나. 어제도 종일 싸락눈이 내렸다. 해 질 녘에는 눈송이가
커지더니 다시 눈이 쌓이기 시작했던 것이다. 양지쪽에는 제법 눈이
녹아 겨우 한 사나흘 흙이 드러나 있더니. 며칠만 더 해가 나면
마당귀나 응달에 쌓인 눈도 녹겠다 싶더니. 올겨울 사잇골에서는
흙 구경을 거의 못 하고 살았다.

한참 더 누워 있었다. 곁에 꼭 붙어 자고 있던 일곱 살배기 아들
녀석이 뭐라고 잠꼬대를 하다가 까르르 웃더니 금세 또 색색거린다.
자는 아이를 보면 늘 마음이 아프다. 이 못난 세상, 이 못난 애비가
뭐 좋다고 너는 이렇게 태어났니……. 살금살금 자리를 빠져 나와
아이 이불을 여며 주고, 낯 씻는 김에 머리까지 감고 옷을 입었다.
봄방학 중인데다 일요일이지만 오늘은 새벽부터 꼭 해야 할 일이
있다.

바깥은 온통 눈 세상이다. 지붕도 마당도 굴뚝도 장독도 나뭇단도

거름더미도 댓돌도 눈에 덮였다. 눈빛으로 환하다. 아래채 구들방
아궁이에 불을 지폈다. 창고와 다락이 딸린 두 평 남짓한 작은 방,
명색이 내 공부방이다. 앉은뱅이책상 하나 놓였다. 그러나 눈 덮인
긴긴 겨울, 그 방 책상 앞에 앉은 적이 단 한 번도 없었다. 오늘 그
자리에 앉아 볼 참이다. 글을 써 보자는 것이다.

　지난 한 해 내가 글이라고 쓴 게 딱 원고지 다섯 장이다. 여기
물난리가 났을 때 그 얘기를 우리 회보 표지 안쪽 글로 쓴 적이 있다.
그 글 말고는 일기 한 줄 편지 한 장 못 쓰고 살았다. 글을 써 볼
생각을 하면 늘 그랬던가. 차마 바로 못 볼 님을 찾아가는 기분이다.
멀미가 나고 진정이 안 된다. 무슨 말을 해야 할지 알 수도 없다.
동이 틀 때까지 방에 못 들어가고 아궁이 앞에 쪼그려 앉아 있었다.
애꿎은 땔나무만 자꾸 집어넣으면서. 양양장에서 오천 원 주고 산
새 바지에 앉은 나뭇재나 자꾸 털면서.

　어젯밤 늦게, 무너미 모임집에서 회보 편집회의를 하던 김상기
선생이 전화를 했다. 원고가 너무 안 들어왔다고, 낼모레 화요일까지
글을 써 내라고 한다. 사잇골에서 일하며 사는 얘기를 다시 써
보겠다고 했더랬지. 그래 놓고도 사실은 영 자신이 없었다. 지금이
어떤 세상인가. 이 미친 전쟁 바람 앞에서 기껏 제 혼자 한 일이나
적어 글이라고 내보일 땐가. 아니야. 세상에 대고 할 말을 할 만한
바탕이 못 되면 글은 무슨 글, 그냥 숨어 살아라. 그래도 헛말 한 게
자꾸 마음에 걸렸다. 농사일 하는 얘기를 쓰겠다고 했으니 언 땅이
풀리고 밭이나 갈고 나면 다음 달부터나…… 하고 지냈던 것이다.

　딱한 일이다. 그런데도 나는 글쓰기를 무슨 곱디고운 님처럼

속으로 그렸던가. 햇새벽에 단장하고 아궁이 앞에 쪼그려 앉아 무슨 신방을 차린다고 이렇게 군불을 때고 있나. 이제 저 방에 들어가면 무슨 얘기를 해야 할꼬.

나무를 세 삼태기나 갖다 넣었다. 신고 있던 털신 위에도 나뭇재가 뽀얗게 앉았다. 털신이 노글노글하다.


## 털신

기껏 꺼내는 게 털신 얘기다. 겨울이면 학교 출근할 때 빼고는 거의 털신을 신고 다닌다. 고무신이 언제 처음 나왔을까. 털신도 그맘때 나왔을 것이다. 어릴 적 어머니가 신던 신발이 봄 여름 가을에 고무신, 겨울에 털신이었으니.

지난달 하순, 엄청난 추위가 닥쳤을 때다. 강화 조용명 선생네 닭이 얼어 죽었다는 날이겠지. 아침 기온이 영하 15도라 한다. 옷을 껴입고 방문을 열었다. 발바닥에 닿는 마루가 얼음장이다. 쌓인 눈이 얼고 그 위에 또 눈이 쌓이고 얼어 번질번질하다. 기왓골마다 팔뚝만 한 고드름이 줄줄이 달렸다. 얼음 세상이다.

댓돌 위에 내 털신 한 켤레가 놓였다. 털신에 발을 집어넣는데 신발 뒤꿈치가 살짝만 꺾여도 그대로 부러질 것 같다. 얼른 발을 빼고 마루에 걸터앉았다. 한참 넋을 놓고 그대로 앉아 있었다. 신발을 꿰는 순간, 오래 잊고 있었고 어쩌면 억지로 잊어버렸던 옛일이 하나 갑자기 떠올랐기 때문이다. 몸에 칼이 푹 박히는 듯했다.

그래, 중학교 일 학년 때였지. 꼭 이렇게 추운 겨울날 아침이었다. 안방 이불 속에 엎드려 있었지. 어머니가 마루에서 나를 불렀다. 매서운 목소리였다.

"시백아! 이노무 새끼, 내 털신 니가 칼로 그었제!"

털신 뒤꿈치가 부러져 있었던 것이다.

그 목소리가 그대로 다시 귀에 들렸다. 아, 떨쳐 버리자. 방으로 들어가려고 몸을 돌리다가 방문을 보고 나는 다시 주저앉았다. 방문이 내 고향집 띠살문 그대로였다. 그날 그 소리를 듣고 벌떡 일어나 방 안에 있던 재봉틀 걸상이던가 뭔가를 들고 띠살문을 내리쳐 부쉈던 일이 또 떠올랐다. 그 길로 가출을 했지.

나는 방에도 못 들어가고 그대로 마루에 주저앉아 있었다. 하늘을 보았다. 우중충한 눈구름이 덮였다. 도대체 내가 어떤 인간이었기에 어머니가 그렇게 믿었을까. 겨우 중학교 일 학년이었던 내가.

'그런데 지금은? 지금 넌 어떤 인간이니?'

바람이 매섭게 파고들고 몸이 얼어 왔다. 그래도 그 물음에 답을 하고 싶었다.

지금 나? 대답을 찾다가 퍼뜩 어떤 말이 생각났다. 그래서 하늘을 보고 껄껄 웃었다. 맞다. 지금 너는 그런 인간이구나. 생각난 말이 '주정뱅이'였다.

방으로 들어가긴 틀렸다. 털신을 조심스럽게 꿰고 마당으로 내려갔다. 일을 하는 수밖에 없다. 텃밭 귀퉁이에 쌓아 둔 나뭇등걸이 눈에 덮여 얼어서 장작은 못 패게 되어 있다. 꽁꽁 언 산에 나무를 하러 다닐 수도 없다. 겨우내 한 일이 목공이다.

집 짓고 나서 널빤지며 각목이며 서까래 토막 같은 쓸 만한 나무가
꽤 남아서, 궂은날만 아니면 목공일에 매달려 살았다. 선반, 책꽂이,
신발장, 그릇장 따위를 만드는 일이다. 아이 엄마가 붙박이장 안에
칸막이들을 해 달라고 그랬는데 일이 까다로워 보여 미루고 있었다.
그 일을 하자.

처마 밑에 세워 두었던 목공 작업대를 마당으로 옮기고 연장을
꺼냈다. 자신을 잊어버리는 데는 목공일을 따를 게 없다. 연장을 꺼내
오다가 나는 또 한 번 하늘을 보고 웃을 수밖에 없었다.
그 지경에서도 털신 얘기를 글로 써 보자는 생각이 문득 들었던
것이다.

이틀 동안 마당에서 나무를 깎고 썰고 갈고 목공일을 했다. 날씨는
진짜 추웠다.

나는 지금 내 공부방 책상 앞에 앉아 있다. 낮이 다 가고
한밤중이다. 몇 시나 되었나? 아랫목이 따뜻하다. 지쳤다. 이제
누워야겠다. (2003년 2월)

# 바그다드

## 3월 21일 금요일

날이 샌다고 온 산에 새들이 우짖는다. 새벽빛에 색이 하얗게 바랜
하현달이 떠 있다. 멀리 설악산 봉우리들은 아직 눈에 덮여 있고
산자락 응달진 골짝에도 눈이 쌓였다. 올해 봄은 거의 한 달이
늦다. 그래도 봄이 온다. 어렵게 어렵게 온다. 굴뚝을 둘러쌓은
돌 틈에 쑥이 돋았고 너럭바위 앞에는 원추리가 촉을 내밀었다.
머위도 돋았다. 가장자리가 뾰족뾰족한 새잎이 새끼손톱만 하다.

봄날 새벽이다. 공기를 들이마신다. 이 봄날 새벽을 그래도 희망을
갖고 맞아 보자고 숨을 한껏 쉬어 본다. 그러나 무슨 희망이 있는가.

눈뜨자마자 텔레비전을 켜게 되었다. 이라크 폭격이 시작되었다는
건 어제 학교에서 아이들한테 들어서 알았다. 밤사이에 전쟁을
그만뒀을 리 없지. 방송은 여전히 불길 솟구치는 바그다드를
되풀이해서 보여 주고 있었다. 텔레비전을 꺼 버리고 뒤뜰로 나온
길이다. 나뭇가지에 이제 깨어나려 하는 겨울눈들도 살피고, 가랑잎
들추고 돋는 풀도 만져 본다. 어디서든 가느다란 희망이라도 찾고
싶다.

텃밭에는 눈 속에서 겨울을 넘긴 배추들이 푸르게 살아 있다.
지난해 김장 배추를 뽑을 때 속이 아주 안 든 잔챙이 포기들을
그대로 밭에 두었는데, 그 길고 매서운 겨울을 견디고 살아남은
것이다. 나는 거기서도 희망을 찾아보고 싶었다. 그러나 저 하늘
한 켠에는 지금도 미사일이 우박처럼 떨어지고 있다. 무슨 희망이
있는가!

톱밥 섞은 똥을 삭히려고 비닐 덮어 텃밭가에 둔 똥통을 발로
걸어차 버리고 싶었다. 똥거름 한 통, 이게 뭐냐! 이걸로 호박
몇 덩이 키워 뭐하자는 거냐! 호박? 전쟁 미치광이 놈들한테
호박이나 던질래?

어디에서도 편한 숨을 쉴 수가 없다. 뒷산 밑 샛길을 걸어
올라갔다. 저만치서 갑자기 후다닥 소리가 난다. 산 끝자락에
내려와 서성이던 고라니 한 마리가 사람 기척에 냅다 등성이 쪽으로
치닫는다. 고라니 몸에 시누대 댓잎 스치는 소리, 발굽에 가랑잎
밟히는 소리가 산을 흔들어 깨운다.

나는 오늘 이 새벽에 고라니한테 애걸하고 싶은 심정이다. 제발
그렇게 달아나지 마. 너한테 내가 무섭다는 게 너무나 끔찍하다.
어린 짐승한테, 어린 아이한테, 어린 목숨한테 내가 무섭다면 나는
이 세상에 없는 게 나아! 바그다드에 폭탄을 퍼붓는 작전 이름을
'충격과 공포'라고 했다던가. 미치광이의 말이다. 작은 짐승 고라니
한 마리를 무섭게 하는 인간도 이 세상에 없는 게 낫다. 충격과
공포라니!

돌아서서 산길을 내려왔다. 달은 이제 보이지 않는다. 날이 밝았다.

마음은 여전히 짓눌려 있다. 동무들 생각이 났다. 나는 세상을
온몸으로 껴안아 본 적도 없는 사람이다. 구석쟁이로 숨기만 해
왔다. 그런 내 마음이 이 지경이다. 부산 상석이 마음은 어떨까.
부산글쓰기회 그 뜨거운 사람들 마음은 지금 어떨까. 기범이를
이라크로 보낸 인천글쓰기회, 겨레아동문학회 식구들 마음은
어떨까. 속초 삼척 식구들은 어떨까……

　폭격을 당한 건 바그다드만이 아니다 싶었다. 우리도 바그다드다
싶었다. 우리는 지금 폐허에 서 있는 것이다. 아, 이 새벽에 그래도
아직 이렇게 살아 있구나! 그렇다면 아직 살아 있는 우리가 놓지
말아야 할 것이 있다 싶었다. 미사일이 쏟아지는 하늘 아래서, 이제
곧 탱크와 장갑차가 새카맣게 몰려올 땅 위에서, 우리가 끝끝내 놓지
말아야 할 작은 무엇이, 절망만이 아닌 다른 무엇이, 아주 조그맣고
약하고 눈물겨운 무언가가 있을 것 같았다. (2003년 3월)

# 벗에게

뒤꼍 축대 틈새에 노란 들꽃이 무더기로 피어 있었어. 이름이
'괴불주머니'래. 축대는 막돌로 그냥 막쌓기를 했고 돌 틈을 흙으로
채우지도 않았어. 집 뒤라 그늘진 곳이고. 그런 데서 꽃을 피워.
잠자리에서 일어나 뒤창을 열면 가장 먼저 보게 되는 꽃이야. 꽃잎
두 잎으로 된 노랗고 쬐끄만 꽃 초롱이 줄기 끝, 가지 끝마다 여남은
개씩 달려. 같이 피었던 봄꽃들이 다 져도 처음 피었던 모습 그대로
가만히 피어 있어. 언제까지나 그렇게 피어 있을 것 같았어.

이제 그 꽃들도 시들어 가. 시드는 모습도 딴 꽃들과 달라 보여.
꽃잎이 쉽게 지지 않아. 꽃 초롱 그대로 제자리에서 조금씩 말라
가며 가만히 색깔이 바래. 그러다 아주 말라 티끌이 돼. 무언가
끝끝내 기다릴 게 있는 것처럼.

사잇골에 집 짓고 아주 옮겨 와서 처음 맞은 봄이야. 이 골짜기에
밭뙈기와 오두막 한 채 구해 들락거린 지 여덟 해 만이구나. 그동안
학교에서 아이들 가르치고, 농사철에 농사일 하고, 겨울이면
나무하러 다니고, 그 일 말고는 딴 세상 기웃거려 볼 생각도 못하고
살았어. 이제 나도 머리가 희어지는 나이, 세상에 보탤 만한 재주
가진 게 없으니 여기 웅크려 살아도 큰 죄는 안 되겠다 싶었어.

산자락에 집을 지었지. 그리고 첫 봄을 맞았어.

봄이 오니 꽃이 피어나더구만. 나뭇가지에 겨울눈 터지고
꽃몽우리 맺히고 몽우리 자라 꽃으로 피어나는 모습이 엊저녁
다르고 새벽이 또 달라. 동도 트기 전에 일어나 컴컴한 산자락을
돌아다녔어. 꽃이 피니 참 좋더라. 복사꽃 피고 배꽃 피고 이어서
사과꽃 피고 여기저기 들꽃 피어나고, 이 꽃 세상 한 목숨으로
살아서 구경하는 게 눈물 나게 좋더구만.

뒷산 참나무 숲 속에 배나무가 한 그루 서 있어. 누가 거기 심었을
리도 없는데 저절로 자란 나무겠지. 아주 늙은 참나무로 둘러싸여
있어. 햇빛 받으려고 키가 클 대로 큰 나무야. 그 배나무에도 꽃이
폈지. 사월 하순께, 어느 새벽이야. 비가 가늘게 왔어. 뒷산을 봤어.
짙푸른 참나무 숲이 비를 맞고 있고 그 가운데 배나무꽃이 새하얗게
피어 있었어. 아름답다고 해야 하나. 나도 비를 맞으며 거기 눈을
못 떼고 있었지. 그런데 밑도 끝도 없이 이런 생각이 들어.

'나한테는 아무것도 없다. 내가 바라볼 참나무 숲도 없고
배나무꽃도 없다……'

방으로 들어와 책상 위에 있는 종이쪽에 그렇게 적었어. 그리고
그냥 잊어버렸어. 나 자신에 대해 더 생각할 힘이 없었어.

밭 갈고 씨 뿌리고 모종 심고 또 그렇게 지냈지. 그저께야. 어쩌다
고흐 그림책을 넘겨 보게 됐어. '복숭아나무'라는 그림을 봤어.
전에도 봤던 그림인가? 그냥 특별할 것도 없는 나무야. 키가 커서
그렇지 우리 집 마당에 있는 복숭아나무와 다를 게 없어. 한껏
하늘로 뻗은 가지마다 꽃이 한꺼번에 피어올랐어. 가지 사이 꽃잎

사이로 하늘이 보여. 남프랑스 아를로 간 고흐는 봄이 되어 복사꽃이
피자 좋아서 어쩔 줄 몰랐대. 우리 집 마당에 복사꽃이 피었을
때 나도 좋았어. 그런데 고흐는 복숭아나무를 그렸어. 왜 그렸지?
너무나 아름다워서? 환하고 아름다운 그림은 아니야. 뭐랄까,
복숭아나무가 제 존재를 하늘로 다 뿜어낸 느낌이야. '끝까지 갔다.'
싶어. 그래서 고흐는 복숭아나무를 그리지 않았을까. 그 나무한테서
끝까지 가는 인간, 그런 영혼을 보지 않았을까.

　나는 물론 그림에 대해서 얘기할 만한 사람이 아냐. 고흐의 편지나
전기를 읽은 기억도 가물해. 그런데 어쩐지 고흐가 머리를 떠나지
않았어. 고흐의 그림은 '대상을 향해 육박한다.'고 하잖아. 붓을 들고
눈을 부릅뜨고 복숭아나무에, 측백나무에, 전나무에, 짚더미에,
해바라기에, 들판에, 하늘에 다가가는 고흐. 한 발 한 발 다가가서
끝내는 제 몸을 디밀고 피 엉기게 부비는 고흐. 엉긴 피를 진득진득
온 데 묻히는 칠칠치 못한 인간 고흐. 어떤 때 고흐는 그렇게
다가가게 되었을까. '저기다, 저기가 내 영혼을 받아 줄 자리다.' 싶을
때 그러지 않았을까. 대상과 거리를 둔 그림도 고흐한테 꽤 있지.
이른바 '안정된 조용한 세계'야. 못난 고흐는 결국 그 세계에 살 수
없었어. 이런 생각이 들어. 그렇다면 나도 그 안정된 조용한 세계에
살 권리가 없어. 나도 그렇게 잘나지 않았어…….

　이 봄에 내가 본 꽃들은 어떤 꽃들이었을까. 아름다운 꽃, 길든
인간의 꽃, 순응주의자의 꽃, 피가 맑아 엉기지 않는 인간의 꽃이
아니었을까. 끝까지 가는 인간, 몸을 디밀고 부비는 인간, 엉긴 피를
온 데 묻히는 칠칠맞지 못한 인간의 영혼한테서 고개 돌린 나 자신의

꽃이 아니었을까. 그럼 이 봄에 내가 본 꽃은 없었어. 비 오는 새벽의
배나무꽃도 나한테 없었어.

괴불주머니꽃이 시들고 말라 가. 처음 피었던 자리에서 그대로
가만히 색깔이 바래. 끝끝내 기다릴 게 있는 것처럼. 그래도 저 꽃은
올봄에 내가 본 꽃이다 싶어.

그리운 벗

부끄러운 편지를 써서 어쩌나. 못 부치고 말 편지 같아.

(2003년 5월)

## 배추흰나비

아이 엄마가 고추 모를 사면서 배추 모도 한 판 같이 사 왔다.
통배추로 키워 포기김치를 담가 보자는 것이다. 한 판에 가로 세로
여섯 포기씩, 육육이 삼십육, 서른여섯 포기다. 이천오백 원 줬다
한다.

나는 어째 밭농사 여덟 해에 봄배추는 얼갈이도 자신이 없다.
얼갈이배추는 씨 뿌려 한 달이면 거두는데, 김칫거리 되기 전에
배춧잎이 망사가 되어 버리기 일쑤였다.

어린 잎 솎아서 물김치나 담갔지 제대로 가꿔 번듯한 김칫거리로
내놓아 본 적이 거의 없다. 그냥 열무씨 뿌려 열무김치 해 먹지 뭐.
열무김치가 얼마나 맛있는데. 올봄에는 그러고 있었다.

그런데 통배추라. 고갱이라도 들려면 통배추는 적어도 두 달이다.
오뉴월 더위에 약 한번 안 치고 통배추 먹겠나. 가을 김장배추야
봄배추에 대면 쉬운 편이다. 찬바람 나면 배추벌레도
어지간해지니까. 어쨌거나, 사 온 모종이니 심을 수밖에. 텃밭에 잘
삭은 거름 듬뿍 넣어 두둑을 만들었다. 한 해 묵힌 깻묵도 뿌리고
한약방에서 얻어 온 찌꺼기까지 흩어 깔아 배추 모를 심었다. 부디
배추벌레 이빨도 안 들어가게 튼튼히 자라라.

아침저녁 냇가 너른 밭에 다니기도 버겁다. 그래도 어쩐 일인지 오십 평 남짓한 텃밭에 마음이 더 간다. 오이 강낭콩 덩굴 올리고 가지와 방울토마토와 피망 몇 포기씩, 고추 예순여섯 포기에 상추 쑥갓 열무 따위 푸성귀, 거기다 배추 서른여섯 포기. 올해 텃밭 농사는 남부끄럽지 않다 싶었다. 배추 모도 뿌리내리자마자 하루가 다르게 쑥쑥 자랐다. 포기가 커져 이제 앞뒤 배추가 서로 몸을 기대고 잎을 오므린다. 배추는 이 무렵이 가장 예쁘다. 어느새 배추벌레 생각은 잊어버리게 된다. 그러다 어느 날 보니 겉잎에 구멍이 뻥 나 있다. 배추벌레다.

정말 대단하다. 갉아먹는 게 아니라 베어 먹는다고 해야 할 판이다. 아이 엄마가 퇴근해서 젓가락을 들고 배추밭에 살아도 소용이 없다. 세상에, 배추벌레가 옆에 있는 가지 잎사귀까지 모조리 먹어 치운다. 피망 이파리도 먹는다. 무슨 이런 일이 다 있나……. 포기김치는 끝내 못 담그고 말았다. 고갱이가 생기기도 전에 뽑아서 칼로 썰어 막김치로 버무리고 만 것이다.


텃밭가에 쥐똥나무가 두 그루 서 있다. 가지를 치지 않고 두어서 키가 어른 키 두 배나 된다. 그 나무에 꽃이 활짝 피었을 때다. 이른 장마로 비가 줄곧 찔끔거리다 갠 날, 나무 둘레가 온통 나비 떼로 에워싸였다. 하얀 꽃 가득 핀 쥐똥나무를 가득 에워싼 하얀 나비 떼, 쥐똥나무가 하얗게 너울거린다. 아, 배추흰나비다. 우리 텃밭에서 태어난 나비들이구나.

근처 사는 탁동철 선생이 들렀다가 그 모습을 넋 놓고 보더니 한마디 한다.

"저거 정말 우리끼리만 보기 아까운데요."

"그러게 말이야."

"배추 또 심어야겠어요."

"왜?"

"생명을 저렇게 태어나게 했으면 책임을 져야지……."

맞는 말이다. 저 배추흰나비들은 이제 어디 가서 알을 낳나?

(2003년 7월)

# 책상 만들기

〈글과그림〉에 '만들기'라는 꼭지를 만들었으니 뭐든 만드는 얘기를
이어서 써 보라고 한다. 내가 만들어 쓰고 있는 세간은 갓전등, 책상,
책꽂이, 신발장, 선반, 뭐 그런 정도다. 책상 만드는 얘기를 해 볼까?
널판때기에 장작개비로 다리를 해 붙인 책상이니, 어떻게 만드느니
어쩌니 하고 쓴다는 게 너무 우습지만.

그런 책상을 세 개 만들어 이 방 저 방에 하나씩 놓았는데, 말이
책상이지 거의 술상 밥상으로만 쓰인다. 우리 집 밥상이 밥그릇
올리고 반찬 두어 접시 올리면 꽉 차는 소반이라, 동무들이 오면
구석에 놓인 책상을 방 가운데로 옮겨 술상 겸 밥상으로 쓰게
되는 것이다. 나무에 아무 칠도 하지 않아서 김칫국물이라도 배면
동무들이 걱정을 한다. 이쁜 책상 버린다고. 그러면 나는 그 말이
듣기 좋아서, 뭐 어떠냐는 얼굴로 국물이 떨어지거나 말거나 김치를
젓가락으로 푹 집어 밥 위에 올린다.

물론 우스갯소리지만, 갓전등이니 책상이니 만들어 먹고살아도
되겠다는 말을 동무들이 한다. 아, 정말 그럴 수만 있다면. 집 가까이
조립식 건물로라도 조그만 목공소를 지어 아침부터 저녁까지 혼자
나무로 뭘 만드는 일을 해서 먹고살 수 있다면. 겨울이면 자투리

나무 때서 도시락 데워 먹고, 일요일이고 뭐고 없어도 좋으니
종일 일해서 한 달에 백만 원만 벌 수 있다면. 여기저기 목공소를
기웃거려 보기도 했고, 목공 기계 값도 알아보고 연장 값을
알아보기도 했다. 내가 목공 기술을 따로 배운 것도 아니고 남다른
재주가 있어서도 아니다. 나무로 뭘 만들고 있을 때가 가장 마음이
편안한 것이다.

한 이십 년 전만 해도 시장통에 국수 빼는 집이 있었다. 국수를
빼서 널어 말렸다가 잘라서 다발로 묶어 파는데, 보통 기름 짜는
틀과 고추 빻는 기계도 같이 있었다. 젊은 시절, 그런 가게 하나 갖는
게 내 소원이었다. 굶을 걱정이 없는 직업이다. 팔고 남은 부스러기
국수 가락 삶아서, 고춧가루 넣고 기름 떨군 양념장에 비벼 먹으면
평생 안 굶는다. 굶는 게 가장 두려웠다.

초등학교 다닐 때가 생각난다. 어머니는 시장통에서 손수레 위에
너절한 옷가지 펴놓고 전을 벌이고 있었다. 어머니를 보러 가면
내 손을 끌고 근처 밥집에 데려가서 국수 한 그릇 먹이셨다. 양념장
넣고 김 부스러기 조금 올린 국수. 어머니는 늘 밥집 목로 맞은편에
앉아 물끄러미 나를 보고 계셨다. 국수 두 그릇을 시켜 어머니가
같이 드시는 걸 본 적이 없다. 내 밥벌이를 할 만큼 커서부터
언젠가는 국수 빼는 집을 차리고 싶었다. 국숫발을 가게 앞에
줄줄이 널어 말리며 살고 싶었다.

그런데 어쩌다 보니 시장통에 그런 가게도 없어져 버렸다.
목공소란 데는 요즘도 더러 남아 있지만, 세간을 만드는 게 아니라
거의 양옥 문짝이나 짜고 앉았다. 정말 내가 목공소를 차려 나무로

뭘 만들어 먹고살 수 있을까. 더구나 널판때기에 장작개비로 다리를 해 붙인 책상 따위를 만들어서야. 구차하지 않게 먹고살기가 결코 만만치 않은 것이다. 어쨌거나 내가 만든 책상 얘기를 해 보기로 하자. 이쁘다고 하는 동무들도 있으니. (2004년 6월)

# 밥 1

너는 해바라기처럼 웃지 않아도 좋다

배고프지 나의 사람아

엎디어라 어서 무릎에 엎디어라

　　　　　　　　　－ 이용악의 시「장마 개인 날」에서

　내 밥벌이를 할 수 있게 된 것이 고등학교 졸업한 이듬해, 그러니까 1970년 3월부터였다. 철도청 영주기관차사무소 기관조사로 발령을 받은 것이다.

　부산에 있는 경남공업고등학교를 1969년에 졸업했다. 지금 내 동무 상석이가 국어 선생님으로 근무하는 학교다. 기계과였다. 기계과 안에 서른 명을 따로 뽑아 '기술전공부'라고 해서 기능공을 키우는 과정이 있었는데, 적성검사를 거쳐 나도 거기 들어가게 되었다. 일주일에 기계실습만 총 스물네 시간을 했다. 사흘을 꼬박하고 토요일도 두 시간이 실습이었다.

　3학년 때는 학교 대신 실습생이란 이름으로 취업을 해서 공장에 나갔다. 나는 '금성사'에 시험 쳐서 떨어지고 '아성사'라는 손목시계 껍데기 만드는 중소기업 공장에 다녔는데, 거기는 입사시험이란

것도 없었고 성적증명서도 필요 없는 데였다. 실습비라고 일당
130원씩 받았으니 그때부터 내가 내 밥벌이를 했다고 말해도 되나?
그즈음 학생들 하숙비가 4천 원이었으니까 하숙비는 번 셈이고,
나는 자취를 하고 있었는데 집에서 별로 돈을 안 타 쓰고 밥을
끓여 먹었던 것 같다. 전포동 엿장수 골목에 있던 내 판잣집 자취방
월세가 800원이었던 기억도 난다.

밥 이야기를 해 보려고 하니 금성사에 취직시험 보러 가서
얻어먹은 점심밥이 떠오른다. 금성사나 조폐공사 같은 데는
실습생도 시험을 쳐서 뽑았고 경쟁이 심했다. 3학년 때 실습생으로
들어가면 졸업하고도 거의 그대로 눌러 있게 된다. 시험 과목이 무엇
무엇이었는지는 잊었다. 지금이나 그때나 영어 시험은 있었다. 해석
문제였나 뭐였나, 캄캄한 문장 가운데 알 듯 말 듯한 단어가 보였다.
overcome. 'over'도 무슨 뜻인지 대충 알겠고 'come'도 알 만한데
이 둘을 붙여 놓으면 뭐가 되나? 끙끙거렸지만 이거다 싶은 말이
떠오르지 않았다. 공부 따위 해 본 적도 없었고 그냥 되나마나 봐
본 시험이었다. 시험 끝나고 점심밥을 줬다. 큰 접시 한쪽에 쌀밥이
수북하고 한쪽은 꽈리고추랑 멸치를 같이 볶은 반찬이 수북하다.
아, 여기 붙으면 이런 밥을 점심때마다 먹을 수 있나……. 밥을
삼키는데 overcome이란 단어가 얼마나 목구멍에 걸리던지.

고등학교 졸업하는 날, 싸락눈이 내렸다. 내일이면 공장에 다시
가야 한다. 소주를 연신 병나발로 불고 교복 주머니에 소주병을
꽂고 비틀거리며 어디를 돌아쳤는지, 그렇게 몇 날을 지냈는지, 잠은
어디서 잤는지 생각이 안 난다. 공장에는 돌아가지 않았다. 짐을

싸들고 부모님이 계신 마산으로 내려갔다.

아버지가 철도원이었다. 30년 넘게 기관사로 일하다가 그때는 마산기관차사무소 운전조역이라는 내근직으로 있었다. 서울 용산에 있는 철도고등학교에 1년 과정으로 된 '전수부'라는 데가 있다고 거기 가라고 했다. 역무과, 기관사과, 신호과, 전기기관차과 중에서 나도 기관사과를 택했다. 철도고등학교 전수부 기관사과 2기생이 되었다. 국비로 가르치는 곳이었고, 책, 교복, 작업복에 운전실습 때는 실습비까지 조금 나왔다.

서울 가서 첫 달은 학교 근처에서 하숙을 했다. 두 사람이 한 방 쓰고 한 달에 6천5백 원이었다. 용산시장 안 순댓국집 다락방으로 하숙을 옮겨 두 달을 지냈다. 월 3천 원이었다. 나머지 기간은 용산소방서 옆 샛별독서실에서 잠을 잤다. 밥은 기관차사무소 구내식당에서 더러 사 먹었다. 밥 한 상이 얼마였던가…… 짜장면도 팔았지. 한 그릇에 20원이었다. 독서실 아래층이 제과점이어서 주로 덩어리 식빵을 사서 뜯어 먹었다. 굶지 않았다. 집에서 소액환이니 통상환이니 하는 걸로 돈을 부쳐 주었다. 그러나 집안이 어려웠다. 오래 앓던 어머니는 그해 5월에 돌아가셨다.

수색기관차사무소에서 디젤기관차 운전실습을 했고 용산기관차사무소에서 동차 운전실습을 했다. 그 시절에 요즘 전철 차량과 비슷한 '동차'라는 게 있었다. 동차는 주로 경인선을 다녔던 것 같다. 다음 해 2월에 간단한 시험을 쳤고, 기관조사라는 철도공무원이 되었다. 아, 그 임용시험 때 나왔던 문제 하나가 불쑥 떠오른다. '신호기의 종류를 써라.' 그때는 공부를 좀 했던지

답을 다 적었다. 유도신호기, 장내신호기, 출발신호기, 폐색신호기, 엄호신호기, 입환신호기, 원방신호기. '유장출폐엄입원'이라고 외웠고, 그게 어째 지금까지 안 잊어진다.

그렇게 되어 내 밥벌이를 시작했다. 첫 발령지가 영주기관차사무소였다. 직장 가까운 곳에 월세방을 한 칸 얻고 밥은 철도승무원 합숙소에서 식권을 끊어 먹었다. 기관차사무소마다 근처에 승무원 합숙소를 두고 있다. 딴 지역에서 열차를 끌고 온 기관사, 기관조사, 차장 들이 묵는 곳이다. 식당이 딸려 있다. 백반 한 상이 50원이었다. 아기자기 반찬 접시가 몇 개 오르고 기름 발라 구운 김도 한 접시 올랐다. 밥이 정말 맛있었다. 게다가 내가 일해서 벌어먹는 밥이었다. 식당 걸상에 앉아 밥상을 받아 숟가락을 들 때 행복했다.

그러나 한 달 만에 영주에서 강원도 철암으로 옮겨 가야 했다. 쫓겨 가게 되었다고 하는 편이 맞겠지. 기관조사라는 직업도 내겐 그리 만만한 밥벌이가 아니었다. 기관사 한 명, 기관조사 한 명이 짝이 되어 보름 동안 같은 기관차를 타게 된다. 기관조사한테는 기관 점검하고 신호 보고 운행일지 적는 따위 일보다 훨씬 중요한 일이 있었다. 기관사를 즐겁게 해 줘야 하는 것이다. 내게는 어려운 일이었다. 나는 그때 스무 살이었고, 전혜린과 루이제 린저에 빠져 있었다. 꽉 닫힌 혼자 세계에 살았겠지. 그렇지만 우스갯소리라도 좀 해 보려고 내 딴엔 애도 썼던 것 같다. 어떻게든 벌어먹고 살아야 하는데 그게 정말 만만치 않았다. 나하고 짝이 되려는 기관사가 없었다.

짐을 꾸려 철암행 영동선 열차를 탔다. 두려웠겠지. 이불 보따리
싸기 전에, 여기 이불 깔고 누워서 죽었으면 했다. 진짜 자살을
생각했던 것도 같다. 모르겠다. 그때 일을 돌이켜 본 적이 여태
한번도 없었구나……. 철암역에 내렸다. 새까만 산으로 둘러싸인
탄광촌. 역 구내 철길 건너편에 있는 영주기관차사무소 철암 분소를
찾아갔다. 우리나라 철길 중 가장 험한 구간에서, 탄광 저탄장의
석탄을 실어 나르는 일을 하는 곳이었다.

그곳에서 밥 끓여 먹고 산 얘기는 몇 년 전 글쓰기 회보에
언뜻언뜻 쓴 적이 있다. 지금 책꽂이를 뒤져 찾아보니 2000년
5월호에서 6월, 7월호로 이어 쓴 글이다. 제목이 '태백에서'이고
글 마무리가 이렇게 되어 있다.

그 아이는 여기 없다.
여기 살지 않는다.
1970년 10월 20일 월급날
피냇골 밥집 외상값을 갚고
시래기 무침으로 개평술 반 되 얻어 마시고
밤열차를 탔다.
이제 그 아이는 여기 살지 않는다.
탄가루에 절은 작업복도 모자도 두고
앉은뱅이책상도 두고 밑이 까만 냄비도 두고
이불도 베개도 두고
영동선 밤열차로 아무도 몰래 떠났다.

한 손에는 비닐가방, 한 손에는 보자기에 싼 석유풍로,

그리고 숟가락은 챙겼지만, 이세 그 아이는

끼니를 챙기지는 못한다…….


왜 철암을 떠났는지는 그 글에 쓰지 않았다. 까닭을 말하기가
힘들었다. 사실은 거기서도 나하고 짝이 되려는 기관사가 없었던
것이다. 정확히 기억한다. 10월 월급이 만육천 원이었다. 철암을
떠날 때 그게 가진 돈 전부였다. 고향집에는 가지 않기로 했다.
부산대학병원, 칠이 온통 벗겨진 너무나 초라한 침대에 누워 있던
어머니가 돌아가시고, 몇 달 뒤인가 아버지는 재혼을 했다. 더구나
나는 이미 내 밥벌이를 하는 자식으로 되어 있었다. 밥 먹여 달라고
보따리 싸들고 찾아갈 수 있는 집이 아니었다.

밤새껏 기차를 탔다. 다음 날 새벽, 한 손에는 비닐가방, 한 손에는
보자기에 싼 석유풍로를 들고 부산역에 내렸다. (2004년 6월)

# 밥 2

'선생님, 저녁때 학교에서 회식이란 걸 하는 자리에 가서 한 대에
천 원씩 하는 소갈비를 뜯어 먹었습니다. 하숙방에 돌아와서 울었습니다.
어떤 굶주림도 용서하지 않겠다고 이빨을 갈았는데……. 저는 이미
늙어 버린 걸까요?'

스물아홉이던 1979년, 교직에 처음 나온 지 며칠 안 되어 내가
썼던 편지 한 구절이다. 대학 때 나를 가르치신 전채린 선생님께 쓴
편지다. 그리고 시작한 선생 노릇이 해직기간 5년을 빼고도 20년이
되었다. 선생 노릇을 시작할 때 내가 나 자신에게 한 약속은 딱
한 가지였다. '적어도 내가 가르치는 아이 중에서 굶는 아이를 그냥
보고 있지는 않겠다.' 이른바 내 교육철학이었을 테지. 너무나도
빈약한 철학이었나. 그런 선생으로 살기엔 시대가 너무 빨리
변해 갔다. 흥청거리는 세상을 나는 그냥 구석쟁이에서 쓸쓸하게
바라보며 살아왔을 따름이다. 가장 쓸쓸한 건 나 자신의 모습을
보는 일이었다. 어디서 밥깨나 먹고사는 인간인 것처럼 거들먹거리고
있으면 등 뒤에서 나를 보고 있는 쓸쓸한 눈빛이 느껴진다. 돌아보면,
배고파 남의 집 담벼락 밑에 쭈그려 앉은 스무 살의 내 눈빛이다.

1970년 10월 21일, 부산역 대합실에서 아침이 되기를 기다렸다가 동래구로 가는 버스를 탔다. 부산에서 3년 고등학교를 다녔지만 나한테 낯익은 동네는 경남공고가 있는 전포동, 거기서 얼마 안 떨어진 서면, 그리고 동래 사거리 정도였다. 동래 사거리는 실습 다닐 때 아침저녁 지나다니던 곳이다.

무작정 부산으로 온 것은 아니었다. 먹고살 수 있겠다 싶은 일을 생각해 둔 게 있었다. 노점 책장사였다. 카바이드 등불을 켜고 길바닥에 책을 늘어놓고 파는 책장사가 부산시내 밤거리 곳곳에 있던 시절이다. 고등학교 친구의 친구 중에 그런 장사를 하는 아이가 있었고 몇 번인가 나도 그 일을 거들었다. 덤핑 책을 도매로 떼어 오는 보수동 책방 골목도 알고 있었다. 그때만 해도 부산 변두리 공장지대였던 동래구에서 동래 사거리 대동병원 근처는 제법 번화가였고, 저녁이면 나 또래 여공들이 많이 지나다니는 곳이었다. 나도 공장 다닐 때 퇴근 후에 그 거리를 늘상 기웃거렸다.
자리를 정했다. 대동병원 맞은편, 신곡집이란 간판이 붙은 불고기집 창문 밑이다. 목이 좋은 곳이었다. 게다가 동래 사거리 어디에도 노점 책장사가 없었다.
거기서 30분쯤 수영공항 쪽으로 난 길을 걸어 들어가서 안락동이란 곳에 월세방을 얻었다. 철둑 바로 밑, 집도 드문드문한 완전 변두리 동네에 블록으로 쭉 이어 지은 집 맨 끝 방이었다. 위쪽에 유리 두 장을 끼웠던 자리가 뚫려 있는 부엌문을 열면 연탄아궁이가 딸린 부뚜막, 그 옆이 방문이었다. 방에는 조그만

창문이 달렸다. 창문으로 철둑이 보였다. 기차가 지나다녔다. 나는
그래도 기차가 좋았다. 철둑에 올라가 보니 그 너머로 채소밭이
펼쳐져 있었다. 방이 아주 마음에 들었다.

부뚜막에 석유풍로를 놓았다. 석유를 됫병으로 사서 반을 부어
심지를 푹 적셨다. 라면 한 상자, 냄비 하나, 들통 하나, 제일 싼 이불
한 장으로 살림을 차렸다. 철물점에서 양철로 만든 카바이드등
두 개, 카바이드 몇 덩이도 샀다. 남은 돈으로 보수동 책방골목에서
제법 큰 트렁크 하나를 채워 책을 떼어 왔다. 버스 정류장까지
어깨에 지고 걸을 만했다. 그 무렵 나는 힘이 장사라는 소리를 꽤
들었다.

라면상자는 엎어 놓고 책상으로 삼았다. 옆에 책 몇 권,
'영화음악집'이란 레코드 한 장을 놓았다. 고등학교 때부터 늘
곁에 두었던 그 레코드에는 '부베의 연인' '철도원' '태양은 외로워'
'카츄샤' '죽도록 사랑해서' 같은 음악이 들어 있었지. 책은 전혜린의
『이 모든 괴로움을 또 다시』, 전혜린이 번역한 루이제 린저의
『생의 한가운데』, 그리고 『메들리 삼위일체』라는 영어책과
영어사전이었다. 기차운전 교육을 받을 때부터 나는 틈틈이
영어공부를 하고 있었다. 굼벵이도 기는 재주가 있다던가, 나한테도
한 가지 재주 비슷한 게 있었다. 문장 외우기였다. 이런저런 글귀나
시들을 쓰잘데없이 외우고 다녔고 전혜린의 글도 줄줄이 외웠다.
영어공부를 하면서부터는 『메들리 삼위일체』의 예문들을 외웠다.
공부를 해 보고 싶었다. 노점 책장사를 생각한 것도 그 때문이었다.
밤에 장사하고 낮에는 공부를 해 보자. 나는 희망을 가졌고 살아

보겠다고 이를 악물었다.

 박계형이라는 소설가가 있었다. 나이가 나보다 예닐곱 위일 것이다.
지금은 예순이 넘으셨겠네. 요즘도 글을 쓰시는지 어떤지. 한번 뵙고
싶은 분이다. 노점 책장사를 하면서 그분 소설이 한창 팔릴 때 가장
먹고살 만했다. 『젊음이 밤을 지날 때』, 『그해 가을』, 『머무르고 싶은
순간들』 같은 책이 덤핑 시장에서 동이 났더랬다. '케이스 입'이라고
해서 책집에 넣어 나온 책 정가가 300원, 케이스 없이 나온 책
정가가 250원이었다. 300원 정가 책은 80원에, 250원 정가 책은
60원에 떼어 왔다. 멀쩡한 새 책이었다. '케이스 입'은 200원에, '노
케이스'는 150원에 팔았다. 일이십 원 더 깎아 주기도 했지만, 한
권만 팔아도 백반 한 상이었다. 부산에 와 보니 순두부백반 한 상을
100원 받았다.(무슨 까닭이었는지 밥집마다 '순두부백반 99원'이라고 써
붙여 놓고 있던 때였다.)
 박계형 소설들을 내가 찬찬히 읽었는지 어쨌는지 내용이 전혀
생각이 안 난다. 잘난 사람들 책꽂이에 꽂힐 책은 아니었겠지. 그러나
나 같은 노점 책장사한테 그분 책 한 권을 사서 소중히 들고 가던
여공들을 생각하면, 그분 소설이 한 시대 아무 기댈 데 없는 나 또래
남자아이 여자아이들의 밥이고 위안이었구나 싶다. 그 소설들을
믿고 싶고 그분을 믿고 싶다. 잘 모르는 얘기지만, 그런 식으로
유통된 책의 인세라는 것이 저자에게 갔을 리 없다. 그분도 밤거리
카바이드 등불 켜진 좌판에 놓인 자신의 책을 보았겠지. 따뜻하게
값을 물어보기도 하고, 사기도 했을 것 같다.

다시 사잇골에서

**189**

〈아리랑〉 같은 잡지는, 가령 10월호 신간이 나왔다 하면 9월호를 40원에 떼어 왔다. 80원이나 100원쯤에 팔았겠지. 맞은편 대동병원 입원 환자들이 밤중에 환자복을 입은 채 책을 빌리러 나오기도 했다. 목발을 짚고 나왔던 아저씨도 생각난다. 색정소설이라고 해야 하나, 그런 책들을 주로 빌려 갔다. 하루 빌려주는 데 얼마나 받았나? 5원? 『2500 단어장』이던가, 영어사전 비슷하게 만든 손바닥만 한 책도 더러 팔렸다. 그거 한 권 팔면 '백조' 담배 한 갑 값이 떨어졌다. 내가 피우던 담배 '백조'가 20원이었다. 손님이 없을 때는 더러 카바이드 불빛 옆에서 그 단어장을 들고 영어 단어들을 외우기도 했던 것 같다. 한 발 남짓 되는 깔개 위에 전을 벌인 노점이었지만 나는 굶지 않고 겨울을 넘겼다. 이상하게 날씨가 추울수록 장사가 잘되는 편이었다. 모자 달린 털옷도 장만했고 연탄불도 넣고 살았다. 밥은 '혼합곡'이란 걸 봉지로 사서 끓여 먹었다. 값이 흰쌀 값의 삼분의 일도 안 되었다. 간장이든 된장이든 장만 있으면 밥을 먹었고 가끔 간고등어나 김치 한 봉지를 사서 들고 들어오기도 했다.

그러나 그런 장사란 게 이튿날이 첫날 같지 않고 다음 달이 첫 달 같지가 않았다. 봄이 오고 비는 자주 내렸다. 날이 풀리자 오히려 지나가다가 서서 책 구경하고 뒤적여 보던 사람이 점점 줄었다. 책도 줄어들었다. 깔판 위에 등이 보이게 세워 두었던 책도 표지가 보이게 깔아 놓게 되었다. 비가 와서 며칠이나 장사를 못 나가는 때도 있었다. 국수를 끓여 헹구지 않은 채로 먹기도 했지만 먹을 게 떨어지는 날이 많았다. 그런 날은 하루가 길고 길었다. 굶고 누워

있다가 기차 지나가는 소리가 들리면 창문을 내다보았다. 기차가
보이지 않을 때까지 있다가 다시 누워 기차 소리를 기다렸다.

(2004년 7월)

## 밥 3

그해 봄을 어떻게 보냈는지……. 비 오는 날은 누워 있다가 날이
개면 장사를 나가고, 책 한 권 팔리면 우선 배부터 채우기 바빴던
것 같다. 무슨 무협지였나, 세 권이 한 질로 된 책을 팔았을 때 노점
바로 위에 있는 전기구이 통닭집에서 통닭 한 마리를 사 먹은 기억도
난다. 유리창 안으로 꼬챙이에 꿰어 빙빙 돌아가는 통닭이 보이는
집이었다. 전기구이 통닭이란 걸 그때 처음 먹어 봤고 그 뒤로도
먹어 본 적이 없다. 요즘은 다 느끼한 튀김 닭이다. 왜 그럴까. 아무튼
그때는 세상에 이렇게 맛있는 게 또 있겠나 싶었다.

팔리는 족족 먹어 치워 새로 책을 들여올 형편이 아니었다. 책이
너무 줄어들어 전을 벌이기도 낯 뜨거운 지경이 되었다. 어쩌다가
배를 채우고 또 줄창 굶고, 그런 날이 이어졌다. 담배는 대동병원
대기실 재떨이에서 주워 피웠다. 나중에는 남의 눈치도 살피지
않고, 길기만 하면 가래침 묻은 꽁초도 거둬 주머니에 넣었다. 몸은
쇠약해져 길 가다가 아무 데서나 자꾸 주저앉게 되었다. 어지러워
남의 집 담벼락을 붙들고 버티다가 쓰러져 누웠던 그 길바닥이
어디던가…….

철둑 너머 채소밭에 봄 열무가 한창일 때였으니 5월 초순쯤이겠다.

한밤중에 열무밭으로 갔다. 엎드려 열무잎을 뜯어 씹었다. 열무를 한입 가득 물고, 윗도리 속 맨살 위에 포기째 뽑은 열무를 가득 쑤셔 넣었다. 밭에 한참 누워 있었다. 하늘도 들판도 깜깜했다. 부엌으로 와서 석유풍로에 물을 끓여 열무를 데쳤다.

어느 집 마당에 배추 잎을 데쳐 햇볕에 널어놓은 걸 훔쳐 먹은 생각도 난다. 한 움큼 집어 입에 넣고 가다가 다시 돌아와서 또 한 움큼 집었지. 가다가 다시 와서 또 한 움큼 집고. 데친 배춧잎을 꾹꾹 씹을 때 입 안에 가득 고이던 단물, 그 맛이 지금도 생생하다. 데친 열무잎에는 단물이 없다. 그즈음, 순두부백반 한 그릇이면 진짜 손가락 하나 잘라 주겠다 싶었던 마음도 지금껏 생생하다.

책은 동래 사거리 한일전파사 창고에 맡겨 두고 있었다. 전파사 주인 아들이 내 또래였고, 밤에 전을 벌이고 있으면 자주 나와 책 구경을 했다. 골목 끝 조그만 빈 창고에 책이 든 트렁크와 깔판과 카바이드등을 두고 다닐 수 있게 해 주었다. 그래도 저녁이면 절반 이상이 비어 흐늘흐늘해진 트렁크를 메고 나와, 카바이드등을 켜고 전을 벌였다. 그렇게 하지 않으면 10원이라도 생길 데가 없었다. 깔판 위에 듬성듬성 놓인 책이 너무나 부끄러웠다. 가장 싼 철지난 여성잡지를 몇 번 떼어 오기도 했던 것 같다. 어쩌다 손님이 오면 그냥 주겠다는 대로 돈을 받고 책을 팔았다. 그런 날은 그 정부미 혼합곡이란 걸 한 봉지 사서 끓여 먹기도 했겠지. 다른 일자리를 구해 볼 생각은 하지도 못했다. 그럴 주변머리가 있는 아이가 아니었다. 긴 봄이 가고 여름이 왔다.

'론다리'라는 말이 나는 지금도 어디서 나온 말인지 모르겠다. 피 파는 일을 론다리라고 했다. 고등학교 때, 친구 중에 론다리를 하고 와서 무슨 무용담처럼 얘기하는 아이들이 더러 있었다. 귀담아 들어 두었기에 다행이었다. 그해 여름, 책장사를 아주 걷어치운 뒤에 나는 론다리로 먹고살았다.

누구 소설이던가, 오유권 씨가 썼던가, 1960년대 현대문학지에 실린 「맹물」이라는 단편이 있었다. 이 병원 저 병원 피를 팔러 다니는 사내 팔뚝에 의사가 바늘을 꽂고 하는 말, "이거 완전 맹물이잖아!" 강신재 씨 초기 단편에도 피 파는 얘기가 나온다. 소설 제목이 「절벽」이지 싶다. 고등학교 때 읽은 소설들이다. 그 시절엔 피를 판다는 게 무슨 다른 세상 일은 아니었다.

부산대학병원 뒷담에 쪽문이 하나 나 있었다. 퍼런 페인트를 칠한 쇠로 된 문이었다. 그 쪽문 근처 담벼락 밑에 새벽이면 아주 장이 섰다. 동도 트기 전부터다. 먼저 오면 쪽문 가까운 자리를 차지한다. 넝마통을 아예 메고 나온 나 또래 넝마주이들, 얼굴이 시커먼 어른들, 간혹 여자들도 있었다. 여자한테는 다들 쪽문 가까운 자리를 양보했다. 쭈그려 앉아 담배를 돌려 피우며 쪽문이 열리기를 기다린다.

몇 시쯤이었을까, 날이 밝고 쪽문이 열린다. 다들 우르르 몰려간다. 흰 가운을 입은 의사가 그날 필요한 혈액형을 알려 준다. 가령, "A형! O형!" 하면, A형 O형은 팔뚝을 걷고, 걷은 팔뚝을 치켜들고, 쪽문 앞으로 몸을 디민다. "저요! 저요!" B형 AB형은 맥이 빠져 물러난다. 저요, 저요, 하고 내민 팔뚝들을 의사가 살핀다. 얼굴빛도 살핀다.

그중에서 그래도 실해 보이는 팔뚝을 그날 필요한 수만큼 고른다.
"너! 너! 너! 너!……." '합격자' 팔뚝에 퍼런 도장을 찍어 준다. 도장을
못 받은 사람들도 바로 물러나지 않는다. 합격자 가운데 피검사에서
떨어지는 사람이 있고 그 숫자만큼 다시 뽑기 때문이다.
　거기 모이는 사람들 중에서는 얼굴빛이고 팔뚝이고 나는 아주
상등품이었다. 갈 때마다 뽑혔다. 내 피는 A형이다. A형은 늘 찾았다.
피검사에서 떨어진 적도 없었다. 성병 같은 건 없었을 테니. 아니다.
이런 적이 있었다. 팔뚝을 치켜들고 "저요!" 하면서 몸을 디미는데
흰 가운을 입은 의사가 그랬다. "저리 비켜! 새벽부터 안경 쓴 게
재수 없게!" 나는 시커먼 뿔테 안경을 쓰고 있었다.
　피 뽑는 침대 위에 누워 의사한테 들은, 아직 잊지 않은 말 몇
가지만 더 적겠다. 글쎄, 의사였는지, 그냥 혈액원 직원이었는지.
어쨌든 하얀 가운을 입고 있었다.
　"너 또 왔어? 죽을라고 환장했어?"
　"주먹을 쥐었다 폈다 해 봐!"
　"이 좋은 바늘에, 이 좋은 혈관에, 왜 피가 안 올라 와."
　몇 번을 피를 팔았을까. 그 담벼락 밑에 쭈그려 앉아 있던 새벽이
몇 번이었을까. 그 일도 기억에서 거의 지우고 살았다. 두어 달 사이
대여섯 번? 부산대학병원. 칠이 더덕더덕 벗겨진 초라한 쇠침대에
어머니가 누워 계시던 곳. 하얀 가운을 입은 의사들이 우르르
들어와서, 그중에 대장쯤 되는 이가 어머니 배에 분필로 무슨 표시를
하며 알아듣지도 못할 말로 뭐라 지껄이던 곳. 그 병원 뒷담 구석, 피
뽑아 파는 침대 위에 내가 팔뚝을 맡기고 누워 있었다…….

병원 담벼락 밑에 두셋씩 쭈뼛쭈뼛 서 있던 여자들, 나보다 몇 살
위로 보였던 그 여자들은 어떻게 되었을까. 이젠 배곯지 않고 나처럼
세상 어느 구석에 살아 있을까.

피값이 얼마였던가, 천 원 가까이 되었던가, 그것도 정확하게
떠오르지 않는다. 아무튼 큰돈이었다. 한 일주일 뭐라도 끓여 먹을
만했던 것 같다. 돈을 받아 나오면 뒷담 쪽문 앞에는 또 다른 장이
서 있었다. 야바위 노름판이었다. 주로 팽이 둘레에 모를 내어 숫자를
써서 돌리고, 숫자에 돈을 거는 노름이었다. 나는 그 판에 끼지는
않았다. 돈을 쥐자마자 100원짜리 순두부백반집으로 갔다. 막걸리
한 병도 곁들여 마셨다. 온몸에서 땀이 줄줄 흘렀다.

공장 다니는 친구들을 찾아가서 밥을 얻어먹기도 했다. 며칠이라도
얹혀살아 보려고 찾아간 데도 있었다. 쉽지 않았다. 이 얘기도 해야
하나……. 어떤 친구한테는 서라벌예대 문예창작과에 다니고 있다고,
방학해서 왔다고 사기를 쳤다…….

오래 이어 갈 수는 없는 생활이었다. 고등학교 때 72킬로였던
몸무게가 50몇 킬로가 되었다. 피 팔 때 몸무게를 재게 되어 있었던
것이다. 여름 막바지였다. 아무 길도 보이지 않았다. 죽는 길밖에
없었다.

10원짜리 녹슨 동전 하나를 길바닥에서 주워 주머니에 넣고
있었다. 연탄 한 장이 10원이었다. 부엌문을 바깥으로 걸어 잠갔다.
위쪽으로 유리창 끼웠던 구멍이 뚫려 있는 부엌문이었다. 구멍으로
손을 내어 자물쇠를 채웠다. 부뚜막에 놓인 석유풍로를 방 안으로
옮기고 심지를 다 올려 불을 붙였다. 철암에서 기차운전하며 밥 끓여

먹고 살다가 보자기에 싸 들고 온 석유풍로였다. 그 위에 까만
새 연탄을 놓았다. 이 연탄도 철암 탄광 탄가루로 만들었는지도
모르지. 내가 실어 나른 탄가루로 만든 연탄인지도 모르지. 창문을
닫고 방바닥에 누웠다. 담담했다. 지쳤겠지. 기차 지나가는 소리를
듣고 나면 다시 기차 소리를 기다렸다. (2004년 8월)

밤새 겉흙이 다시 얼었다.
괭이로 뒤집은 흙덩이에
얼음 알갱이가 박혔다.
……

나는 거기 괭이를 내리친다.
품어라, 뭐든 다른 것
씨앗이든 허튼 희망이든.

품어라,
뭐든
다른 것

# 어진내 식구들

먼 서쪽 물가
어진내 식구들 보러 갑니다
보고 싶은 마음 들킬까 봐
마당에도 못 가고 삽짝에도 못 가고
숨어서 섶울타리 너머로
발돋움하고 봅니다
들키면 그냥 지나가다
장독대 옆 빨간 맨드라미
구경한 척할까
푹 고개 숙이고
물 한 그릇만 주세요 해 볼까
하루 내내 빈 마당
섶울타리 너머로 발돋움합니다

해 저물어 어진내 식구들 방
등불이 켜집니다
살아 있으면 됐지 뭐
돌아섭니다
띠살문에

그리운 얼굴들 그림자
어른거립니다

# 낮술, 태풍

태풍이 온단다
산이 비안개를 덮고
등성이를 낮춘다
봉우리도 숨긴다
그러는구나, 나는 태풍 맞이한다고
고춧대 끈으로 얽고 오이섶 강낭콩섶 안 날려 가게 살피고
낫 갈아 뒤뜰 풀도 베고
후드득 빗방울 떨어져
씻고, 소주병 놓고 앉았는데
창 너머 설악 봉우리 등성이는 비안개 그윽이 덮었구나
산은 좋겠다
나는 낮출 것도 없고 숨길 것도 없네
드러낼 것 없고
높은 데 없으니

읽고 있는 책 한 구절, 카미르의 노래
'그들이 내 머리를 잘라 막대기에 걸어 놓는다 해도
나는 결코 님을 잊지 않으리라'
카미르는 좋겠네

나는 머리통이 붙어 있어도 님을 잊었으니
님을 잊었으니

태풍이 온단다
빗방울이 마구 떨어진다 호박잎에 토란잎에
둘러보아도
나는 나라가 없네
태풍 속에 소용돌이치며 오고 있는지
내 나라가 오고 있는지
왔다가 소용돌이치며 가고 마는지
잊지 않으리라, 하며
결코 님을 잊지 않으리라 하며
가고 마는지
비가 마구 온다 태풍이 온단다
먼 바다에서

# 다시, 눈

3월도 중순
눈이 내린다.
그끄저께 내린 눈이 마지막이 아니라고
보라고, 끝나지 않았다고
다시 눈이 내린다.
살아 세상
네 머리 위에 네 지붕 위에 내린 눈
그 아득함의 무게
견딜 만했냐고, 견디나 보자고
또 다시 눈이 내린다.

못 견딜 것 없지
늙은 참나무 가지 위 눈 더미로 붙은 겨우살이처럼
눈 더미에 머리 박은 시누대처럼
눈 더미 위 꼭지만 내민
언덕배기 배배 마른 쑥대며 왕씀바귀 대궁처럼
그냥 아득하게, 아득한 그리움으로 목숨으로
살아 세상
이렇게 살아 있으니

품어라, 뭐든 다른 것

205

그러니 눈이여
얼마든지 내려라.

# 철쭉

산에
철쭉꽃이 피었다
피어라 철쭉꽃
어쩌겠니
사랑을 품었으니

산에
철쭉꽃이 피었다
어쩌자고 피었니
너 어쩌자고
사랑을 품었니
펴라 철쭉꽃

## 싸리꽃
― 용명에게


샘골 둠벙가 고라니 한 마리
나를 가만히 본다.
새벽안개 흐르고
싸리꽃 보랏빛 골짜기에 짙다.
나도 가만히
고라니를 본다.
물 먹으러 왔구나, 나 아무것도 아니야.
밭이랑에 발자국 내며 고라니는 가 버린다.
싸리꽃 핀 골짜기로 달려가 버린다.
아무것도 아닌들 무엇하랴
고라니 숨는 골짜기
아무것도 아닌 싸리꽃
저리 아름다우니.

# 샘골

어디 있는가
저 너머
고개 너머 서산 너머
묏등 지나 솔밭 지나 숯가마 지나 문둥이 부부 움막 지나
세 고개 더 넘고 산 하나 또 넘으면
거기 있는가
멀어라 찬 샘 솟는 골짜기
샘물 한 모금
그리움도 씻기는 곳

# 겨울 샘골

## 골풀

숨이 죽었다
묵정논 다섯 다랑이 뒤덮은
저 미친년 머리칼
시퍼런 숨 뿜어 대던 머리칼
논바닥에 엉겨 붙었다
미친년
숨이 죽었다

## 두릅

살아남았을까
지난해 가을
북향 산자락 따라 깎은 밭 굳은 흙에 심은
두릅 묘목 400그루
겨우내 눈 덮여 꽁꽁 언 땅에서
살아남았을까

제 몸 뚫고 돋은 가시들
저 가시 같은 외로움 끝에도
살아 있다고
나 살아 있다고
물이 오를까

## 밭 갈기

밤새 겉흙이 다시 얼었다.
괭이로 뒤집은 흙덩이에
얼음 알갱이가 박혔다.
반짝인다.
보라고
얼음 알갱이 품었다고
하얗게 반짝인다.
이쁜 줄 알아?
얼어 죽을래?
나는 거기 괭이를 내리친다.
품어라, 뭐든 다른 것
씨앗이든 허튼 희망이든.

# 봇물

구름 비치면
구름 하늘
별빛 비치면
별 하늘
보리라
그 하늘 보리라
내겐 다른 하늘이 없었다

꽃 그림자 비치면
붉은 빛 분홍 빛
보리라
내겐 파묻힐 꽃빛깔 없었다

봇물 일렁이며
그리움 비치면
보리라
내겐 마주 볼 그리움이 없었다

## 길 끝에
– 상석이에게


새벽마다 풀 이슬에 발목 적시며
괭이 메고 콩밭에 가 봐도 거기 길이 안 보여
팥밭에 가 봐도
조밭에 가 봐도
고추밭 수수밭에 가 봐도
길이 안 보여
차라리 쑥대밭
개망초밭에 가면 보일라나
한밤중 산마루 오르면
헛길이라도 보일라나
싸움터에서도 놀이터에서도
아니야 길이 안 보여
어느 날
사랑이 나를 부르네
아, 천길만길 허망의 바다
두 쪽으로 쫙 갈라지며 거기
길이 보이네
길 끝에 지친 그대
내 사랑이 울먹이며 서 있네

# 봇도랑

밥 먹어라 밥 먹어라
쌀밥 보리밥
된장 비벼 보리밥
간장 비벼 쌀밥
짠지 올려 보리밥
김치 올려 쌀밥
밥 먹어라 밥 먹어라
쌀밥 보리밥
굶지 마라 굶지 마라
쌀밥 보리밥

# 진달래꽃

봇도랑에 첫물 흐르는 날
언덕배기 진달래꽃
물끄러미 내려다보다가
시든다
진달래꽃
굶어 죽는다

# 목수학교
– 영동선 철길


오십천 철교 위로 활기리 굴다리 위로

기차가 지나간다

도경리 간이역 지나 미로역 상정역 지나

마차리 하고사리 고사리 도계

영동선 밤차가 간다

흰 불빛 흐른다

오십천 강변 주막

평상에 앉아 소주를 마신다

신기면 활기리 한국 전통 직업전문학교 한옥목수 과정

실업자 재교육반 친구 몇

대패질 끌질 하루 작업 끝내고

두부김치 한 접시로 술잔을 돌린다

벌써 밤이 차다 주막 아지매가 내 준 홑이불을 두르고

기차가 지날 때면 말이 끊겨 차창 불빛만 보다가

기차가 멀어지고 오십천 물소리 살아나면

또 누가 무슨 말을 꺼낸다

초짜 목수 일당이 7만 원이라는데

연장 살 돈이며 일자리 찾으며 식구들 먹여 살릴 걱정

연봉 30만 원짜리였다는 농사 얘기며

사람 할 일이 아니더라는 고층빌딩 보일러 설비 얘기며
통영 앞바다 가두리 양식 망해 먹은 얘기며
술김에 띄엄띄엄
힘겨웠던 삶도 털어놓는다
서른 몇 살 마흔 몇 살
온몸으로 일해 살아 보려는 사람들
나는 무슨 얘기를 해야 하나
올해 쉰여섯 다들 나를 형님이라 부르는데
나도 농사꾼이었다고 연봉 30만 원도 못 되었다고
얼버무리지만
아무래도 같잖은 소리다
무슨 얘기를 해야 하나
다시 밤기차 대팻날처럼
나를 깎고 지나간다
저 영동선
나 스무 살에 석탄 실은 화물열차 끌던 철길
저 영동선 지나는 탄광마을
몇 년 전인가 얼뜬 선생 노릇도 했지
저 철길은 무엇이었나

다 무엇이었나
까마득한 기다림이었나
다시 저 철길 옆 목수학교
대패질 끌질 일당 7만 원의 날품노동을 배운다
그러나 이제는
기다리지 말기로 하자
그러기로 하자
기차가 지나가고
철교도 굴다리도 캄캄하게 묻힌다
이제는 저 영동선 기차소리도
편안하게 듣기로 하자
그러기로 하자
그러기로 하자
취기가 오른다 홑이불 같이 두른 친구 어깨에 머리를 기대며
아 편안하다 하니
팔을 돌려 내 어깨를 감아 준다

## 오늘

오전에는 비가 내렸다.
점심 먹고 샘골 가서 논둑 바르고 물꼬 만드는데
비구니 스님 한 분 바랑 지고 와서
논둑에 돋은 머위잎을 뜯는다.
웃으며 눈인사 하고
스님은 아기 손바닥만 한 머위잎
비닐봉지에 몇 봉지나 채곡채곡 재워 담고
나는 산 아래 고랑 내고 새로 쌓은 논둑
다지고 바르고 물꼬 내는 일
해 질 녘까지 했다.
늘 혼자이던 골짜기에 오늘은 저만치
한 사람이 같이 있다.
스님이 바랑 지고 일어서며 인사를 한다.
"안 가심니꺼?"
경상도 말씨다.
"조금만 더 하다 갈께예."
"뒤에 오이소."
고개 넘어
스님이 가신다.

# 논

논, 못물 그득 머금은 논
빛날 땐 어떤 사상보다 빛나고
일렁일 땐 어떤 사랑보다 일렁이네
해 질 녘 검은 산 그림자 잠겨
끝 모르게 깊어 가는 논
아, 깊어 갈 땐 어떤 끝 모를 그리움보다
깊어 가네

# 농막일기

8월 30일 논에 물을 뺐다

지난 봄, 4월 14일
논에 첫물을 댔다.
다락논 층층이 물이 그득했을 때
온 세상 얼마나 그득했던지.
오늘, 산 아래 도랑 쪽 넬꼬들 막았던
진흙덩이 헐고 비닐 비료포대 들어내고
다섯 다랑이 논물을 다 내보냈다.
무논이라 물을 좀 일찍 빼서
논바닥을 말려야 한다.
벼 포기 사이로 물이 빠져나가
백오십 밀리 주름관 넬꼬로 콸콸 흐른다.
논농사 두 해째
지난해에는 그런 줄 몰랐는데
어쩌자고 이리 허전한지.
도랑에 손 담그고 물을 만지면서 보낸다.
잘 가라. 애 많이 썼다.
물바구미가 뿌리 갉아 엉성하게 선 벼들

벼들 세워 두고 물은 간다.

애썼지만 잘 안 되던 사랑
잊어버리려고 서둘러 가는지.
바다가 멀지 않으니
곧 바다에 닿아 그 많은 물에 섞이면
여기 잘 안 되던 사랑보다야 덜 힘들라나.
물은 어서어서 간다.
잘 가라. 그래도 애 많이 썼다.
나는…….
나는 그냥 여기 있을게.

## 희망


나는 이제
너를 기다리지 않는다

메밀꽃이 피었다
빗속에 하얗게 하얗게
햇빛 없이도 피는 꽃

닷새 열흘
한 달 두 달
석 달 석 달 열흘
비가 온다
메밀꽃이 피었다
희망 없이도 피는 꽃

나 이제는
너를 기다리지 않는다
그리웠다는 말
기다리지 않는다

# 네 웃음

그날 네 웃음을
어찌 잊겠니
석 달 열흘 비가 오고
진창이 된 다락논
엉성한 벼 포기 낫질하며
뻘탕 묻은 얼굴로 환하게 환하게
웃던 네 웃음
그 웃음을 어찌 잊겠니

'시백아, 니 우짤라고 그라노? 와 밥을 못 묵노?'
'아부지예, 저도 벌써 육십이 다 돼 갑니더. 그라고
마이 지쳤어예. 안 묵으니 그냥 편안하네예.'
아버지는 쪼맨한 아새끼가 뭔 뚱딴지같은 소리를
하냐는 얼굴이다. 그리고 한마디 하신다.
'달걀에 비비 묵어라.'
아버지도 밀리지 말라는 말씀이다.

달걀

# 리어카

지지난주 일요일, 샘골 밭에 두릅 묘목 400그루를 심었다.
참두릅, 민두릅, 참민두릅, 개두릅 100그루씩. 오랜만에 속초, 삼척
동무들이 모여 하루 종일 같이 일을 했다. 북향 산자락 따라 좁고
길게 일군 밭이라 묘목에 줄 물을 멀리까지 나르는 일이 문제였다.
밭 한쪽 구석에 있는 펌프에서 물을 길어 들통으로 나르다가는
묘목 400그루에 줄 물을 댈 수 있을 것 같지가 않았다. 그 전날,
공수전분교에 있는 리어카를 빌려 놓았다. 큰 고무함지를 싣고 물을
받아, 출렁거려 넘치는 물에 옷을 적셔 가며 동무들이 리어카를
밀고 끌었다.

시골이면 집집이 있던 리어카가 거의 없어진 지 20년 가까이
되나 보다. 우리 동네는 스물 몇 집 중 한 집도 리어카가 없다. 작은

짐은 '밀차'라는 조그만 외바퀴 수레나 두 바퀴 수레로 나르고 큰
짐이면 경운기나 트럭을 쓴다. 나도 농사일이라고 십 년 넘게 하면서
지게는 더러 지지만 리어카를 끌어 본 적이 없다. 두릅을 심으면서
처음 리어카로 농사일을 해 본 것이다. 같이 저녁 먹고 술도 몇 잔
하고 동무들은 돌아갔다. 마당가에 리어카만 남았다. 어두컴컴한
마당에서 나는 좀 취해서 일없이 리어카를 밀었다 끌었다 했다.

　리어카를 너무 오래 잊고 살았다. 내가 갓난 젖먹이 적, 어머니는
리어카 끌고 나를 업고 장사를 나갔고, 리어카 위에 '다이'란 걸
얹어 옷장사 전을 벌이고는 나를 짐칸에 눕혀 놓았다고 했다.
걸음마 할 때쯤에는 리어카 타고 시장 가서 리어카 옆에서 놀다가
리어카 타고 집에 왔다. 초등학교 때는 어머니 장사가 끝날 무렵
시장 가서 옷보따리 실은 리어카를 뒤에서 밀었다. 바퀴가 요즘처럼
고무 타이어가 아니고 쇠바퀴였다. 시장에서 집까지는 꽤 멀었고
자갈길에서 리어카는 덜컹거렸다. 내리막길에서는 리어카에
올라탔다. 그 시절, 괴로움 없고 행복했다……

　리어카 한 대를 사야겠다고 마음먹었다. 올 겨울, 샘골 뒷산 부엽토
파 모아서 리어카로 실어 날라 두릅밭을 덮어야지. 눈이 안 오면
겨우내 그 일을 해야지. 리어카를 끌어야지. 어떨라나. 괴로움 없고
행복할라나……. (2005년 12월)

# 목수학교

그저께 8월 16일, 한옥 목수학교에 입학했습니다. 삼척시 미로면 활기리, '한국 전통 직업전문학교' 25기생입니다. 내년 1월 26일까지, 5개월 10일 동안 기숙사 생활하며 교육을 받습니다. 토요일 일요일은 집에서 지내요. 학교에서 집까지 차로 두 시간 거립니다.

7시 30분 아침밥, 8시 30분 수업(작업) 시작, 12시 30분부터 한 시간 점심시간, 5시 30분에 수업 끝나서 저녁밥 먹고 씻고 쉬다가 촘촘히 누워 잡니다.

노동부 위탁 직업훈련학교이고, 고용안정센터란 데에 구직 등록한 실업자에게 국비 교육을 하는 곳이라(나도 그런 절차를 밟았지요.) 여기 모인 60명이 거의 온갖 세상 허드렛일을 하던 사람들입니다. 나는 이제야 겨우 내가 사람들과 섞여 있을 만한 자리를 찾은 느낌이고, 여기 동료들 속에서 편안합니다. 종일 웃으며 같이 일을 배웁니다. 2반 2조 여섯 명 중 조장도 맡았습니다.

첫날, 목도(무거운 목재에 밧줄을 걸고 막대를 꿰어 두 명 이상이 짝이 되어 나르는 일)하는 법부터 배워 치목할 나무를 날랐고 둘째 날부터는 대팻날 가는 일을 합니다. 대팻날 갈기를 일주일 내내 한다고 합니다. 목수일의 기본이지요.

숫돌에 손가락 끝이 닳아 피가 흐르도록 우선 그 일을 익혀야 한답니다. '시퍼렇게' 날이 서려면 대팻날이 거울 같아야 하고, 조그만 굴곡이라도 있으면 빛이 난반사되어 대팻날이 희득번득합니다. 몸의 중심이 숫돌에 닿는 대팻날에 모여야 하고 손목이 건들거리지 않아야 한답니다.

그 뒤로는 치목(쓰임새에 따라 통나무 다듬기) 일을 합니다. 가장 힘든 서까래 치목을 한 달쯤 한다고 합니다. 나무껍질 벗기고 자귀질하고 전동대패로 깎고 손대패로 다듬는 일입니다.

'일은 몸으로 익히는 것이다. 안 쓰던 근육을 움직여 근육이 일을 익히게 하라. 안 쓰던 뼈를 움직여 뼈가 일을 익히게 하라.'

여기 선생님한테 들은 말입니다.

식당에서 저녁밥 먹고 작업장 처마 밑에 앉아 우리 글과그림 식구들 생각하면, 모두 어찌 그리 멀고 아련한지요……. (2006년 9월)

달
걀

# 길

언덕에 하얀 조팝꽃 피고 산에 하얀 산벚꽃 피고 밭가에 하얀
돌배꽃 피었네. 붉은 진달래는 다 졌고 분홍 철쭉은 볕바른 데에서나
봉오리를 조금씩 열어. 흰꽃 시절이구나. 이런 때도 있구나.

샘가 바위에 걸터앉아 도시락을 먹었어. 깻잎 반찬. 깻잎 한 장에
밥 한 젓가락씩 싸서 먹었어. 샘물 한 모금 마셨고.

어제 읍내 철물점 가서 질통 하나 사 왔어. 공사장 같은 데서
모래나 자갈을 져 나르는 통 있잖아. 7천 원 하더라. 다락논 물길에
묻은 관들 끝 쪽으로 흙이 하도 파여서 잔돌을 주워 모아 부어 넣어
보려고. 도시락 먹고 그냥 그 일을 시작해 버릴까 하다가 공책하고
연필을 꺼내 들었어. 도시락 담아 온 종이봉지에 같이 담아 왔거든.

머리글을 써 보겠다고 했지. 내일까지는 써야 하는데 더 미루고
있으면 아무래도 또 못 쓸 것 같아. 사실은 오늘 오전 열한 시까지
책상 앞에 앉아 있었어. 무슨 말을 해야 하나. 이번 5월호로 우리
잡지가 창간 3주년이 된다는데.

'우리가 갈 길' 같은 제목으로 글을 쓸 수 있으면 얼마나 좋을까.
끝끝내 같이 싸워 나갈 길이 보이는 글. 아, 길이 보이면 얼마나
좋을까. 그리고 앉아 있기만 하다 샘골로 왔어. 아침에 퍼 놓은

도시락 챙기고, 혹시…… 하며 공책하고 연필도 같이 챙겨서.

　방문 닫고 마루로 나오는데, 며칠 전인가 우리 카페에서 읽은
환영이 시 한 편이 불쑥 떠올라. 다시 들어가 컴퓨터를 켜고 그 시를
찾아 베껴 적었어.


　옛적, 착한 어머이들
　이룽이룽 타던 해 서산으로 뚝 떨어질 때까지
　속고쟁이 땀범벅, 흙범벅으로 들일을 하다가
　돌아와 종구락에 미끄덩한 보리밥 수북이 담아 한 입씩 물었는데
　고만 졸음에 겨워
　입안에서 밥이 쉬었더라는 이야기

　　　　　　　　　　　　　　　　　　　　－ 김환영, 「옛적」


　바위에 걸터앉아 이 시를 다시 읽어. 그래. 길이 있다면 이 길뿐인
것 같아. 나한테는 그래. 착하지는 못하지만. 그래서 이 시의 바탕인
따뜻함과 낙천성도 내 몫은 못 되지만.

　이제 질통 지고 일할게. 하얀 꽃들. 마음이 아리네. (2007년 5월)

## 길택,


의자에 올라서서 책장 위에 쌓인 묵은 책들 들추며 무슨 책
한 권을 찾고 있었어. 10년 넘게 쌓인 채로 버려 둔 책들이야.
그 먼지 묻은 책들 사이, 편지 한 통이 끼어 있어. 자네 편지야.
아, 자네 목소리를 이렇게 다시 듣게 되다니!


시백,

간밤에도 술 마시는 걸 잊지 않았는지. 도수 높은 안경을 걸친 자네
얼굴이 옥수수밭, 감자밭 뒷개울, 앞뒤 말라죽어 가는 소나무를 이고
있는 산들과 한데 어울려 피어나네.

강원도 산녘 가을은 소리 없이 겨울로 치닫곤 하던 걸 나는 아네.
너무나 허무하게 들판은 비어 버리고 거기 바람만 일곤 했으니까. 그때는
보질 못했던 거지. 그때는 듣질 못했던 거지. 그 가 버린 것들 다음에
채워지는 것들을. 지금 내가 다시 그런 들판에 서서 쓸쓸함을 느낀다면
예전의 그 쓸쓸함이 아니겠지. 자네가 그곳에 들어앉아 부대끼는
생각들이 예전의 그것들이 아니듯이.

그러나 이제 술을 조금씩 삼가게. 아직은 걸어야 할 길이 우리에겐
더 남아 있잖은가. 어느 날 우리도 모르는 사이 도둑맞은 시간들이

한꺼번에 몰려와선 "왜 마구 쫓아 보냈느냐."고 항의하며 대들면 어찌할
것인가! 누가 가운데 서서 그 싸움을 말려 줄 수 있단 말인가! 어느새
보수주의자에 현실주의자가 되어 버린 자신이 역겨우면서도 이런
생각을 해! 앞산 뒷산, 앞개울 뒷개울은 닳고 닳은 뒤의 '지금'이 아니고
무엇이던가! 이제 술을 조금씩만 하세. 그래도 우리는 할 얘기 다 할 수
있을 걸세. 쓰러져 얘기 못 하느니보단 할 얘기가 모자라 자리에 들 수
있도록 이제 술을 조금씩만 하게. 그래서 더 오래 술을 마실 수 있도록
하세.

그냥 생각이 나서 이렇게 적어 본다네. 이 여름에 정을 나누었다고.

— 1993. 9. 21 새벽에 거창에서 길택


1993년이면 내가 해직 4년째 되던 해, 봉평에서 농사짓고 있던
때구나. 여러 동무들과 함께 자네가 다녀갔지. 맞아, 진숙 씨도
함께 왔더랬어. 밭 귀퉁이 오두막집 마당에서 밤새 술을 마셨지.
술자리에서 내가 자네 무릎 베고 잠들었던 것 같아. 자네 마음이
그리도 아팠는가. 그래 이 편지를 보냈구나.

난 내가 받은 편지든, 내가 어쩌다 끄적거린 글 나부랭이가 적힌
종이조각이든, 모아서 쟁여 두질 못해. 어디 두는지 나도 모르겠어.
예나 지금이나 그렇게 넋 나간 채 살아. 자네한테 몇 통 받은 다른
편지들, 몇 장 받은 엽서들은 어디에 있을까. 어느 책갈피에, 어느
책들 틈에 끼어 있을까.

편지란 걸 거의 써 본 적이 없으니 자네한테 꼬박꼬박 답장을 했을
리가 없지. 이 편지에도 답장을 한 기억이 없어. 길택이, 열다섯 해가

달
걀

지난 지금이라도 자네한테 답장을 쓸 수 있으면 좋겠네. 술을 조금씩 삼가라는, 아직은 걸어야 할 길이 우리에겐 더 남아 있잖은가라는 자네 말에 내가 대답을 할 수 있다면 좋겠네. 길게 길게, 몇 밤을 새워 자네한테 얘기를 할 수 있다면 정말 좋겠네.

언젠가는 그럴 수 있을라나. 여전히 주정뱅이로 살아 있는 내가, 그러나 아직은 쓰러지지 않겠다고 안간힘으로 버팅기고 있는 내가, '할 얘기가 모자라' 자리에 든 자네를 깨워 언젠가는 우리 얘기를 시작해 볼 수 있을라나…….

길택이, 자네가 그립네.

2008. 1. 2 새벽에 사잇골에서 시백 (2008년 1월)

# 밥

집 짓는 일을 할 때는 목수 넷이 같이 점심을 먹었다. 동네 밥집에
더러 부쳐 먹기도 했지만 주로 건축주 마리아가 해 주는 밥이었다.
마리아가 차리는 밥상이야 걸기로 소문난 밥상 아닌가. 다들 배를
두드리며 먹었다. 한 달 남짓해서 목수일이 끝난 뒤에도 기범이와
나는 열흘 넘게 미장 뒷일을 같이 하면서 마리아가 차려 주는
새참이며 점심을 먹었다. 집 짓는 일이 밥 짓는 일이라더니, 일꾼들
먹이는 일이 집 짓는 일 중에 가장 큰일이었구나 싶다. 마리아가
큰일을 한 것이다.

그러니까 기범이하고는 한 달 보름쯤 같이 점심을 먹었구나.
그사이 저녁도 이틀이 멀다하고 같이 먹은 셈이다. 기범이는 밥을
참 정성껏 먹는다. 밥그릇의 밥을 정성껏 숟가락으로 퍼서 정성껏
입으로 가져가고 젓가락을 들어 정성껏 반찬을 집는다. 간혹 '맛있다'
하며. 젓가락을 어긋나게 쥐어 반찬 집는 게 좀 불안한데 그게 또
더 정성스러워 보인다. 밥을 정성껏 먹기로는 동철이 환영이 상석이
못지않다. 언제 이 네 동무가 한 두레상에 앉아 밥 먹는 모습을
봤으면. 아름다워 눈물이 날 거다. 그러고 보니 이 네 동무만 뭐
특별히 얘기할 일이 아니다. 그게 글과그림 식구들의 모습 아닌가.

나는 어쩌다 그렇게 됐는지 밥을 마구 입에 퍼 넣는 편이다. 반찬도
그냥 밥그릇 가까이 있는 것부터 젓가락이 휘도록 집어 입에 쑤셔
넣거나 밥숟갈 위에 올린다. 목수일 할 때는 새벽밥을 먹고 나갔는데,
눈뜨자마자 먹는 밥도 그렇게 퍼먹게 된다. 걸귀가 붙은 것이다. 같이
밥을 여러 번 먹어 본 사람 중에서는 해광 스님이 좀 그런 편이다.
물론 발우공양 할 때야 다르시겠지만 일터에서 본 스님은 정말
아무거나 가리지 않고 막 걸터 드신다. 그런데 그런 해광한테서
더 엄한 선승의 모습을 보게 되는 건 어쩐 일일까.

재복이는 형 생각도 잠깐 해 봤지만 이내 머리에서 떨어 버리고 할머니
말씀대로 주먹덩이처럼 밥숟갈을 떠서 입이 터지도록 쑤셔 넣는다.
된장을 뜨러 가는 동안에 벌써 밥은 목구멍으로 넘어가 버린다. 양푼은
어느새 말끔히 비워진다.
　　　－ 권정생, 「아버지」, 『달맞이산 너머로 날아간 고등어』, 햇빛출판사, 1985

권정생 동화 「아버지」의 한 구절을 다시 읽는다. 나는 어쩌면
선생님의 이런 세계 속에 있고 싶은지도 모른다는 생각이 든다.
아니, 다른 데 갈 곳이 없는 것이다. 내게는 그 세계가 편안한
것이다. 밥을 정성껏 정성껏 먹는 것이야말로 선생님의 세계다.
걸귀의 세계 또한 선생님의 세계라면 나도 동무들과 같은 세계에
있는 것인가…… . 저만치에 엄한 선승 해광도 싱긋이 웃고
있는 세계인가…… . (2008년 5월)

# 달걀

　나는 올해 김장밭에 나가 보지도 못했네. 무 배추 갈고 고추 따서
말리고 요즘 사잇골 식구들은 바쁘다. '작업반장' 상기 아우는 그
못 버리겠다던 늦잠 버릇도 걷어차고 농사철 내내 동틀 때 일어나
논에 간다. 퇴근하면 또 해 질 때까지 밭일을 한다. '내가 농사일에
밀리면 형도 병에 밀린다.'는 마음이라 한다. 그래 아우야, 니 마음을
모르겠나. 사잇골 식구들 마음, 동무들 마음을 모르겠나.
나 안 밀릴게.
　지난해에는 네 집 김장을 같이 했더랬지. 마리아네, 용명네, 상기네,
우리 집. 김장 날, 잔치도 그런 잔치가 없었다. 올가을엔 기범이
오두막 뒤꼍에도 한 독 묻어야겠지. 다섯 집 김장이다. 열 집 김장을
할 날도 머지않아 오겠지. 조용명이 말한 '꼬질꼬질한 작업복이
어울리는 거지들의 나라' 가장 큰 잔칫날이 되겠지.
　어릴 적 고향집에서는 김장을 요즘 너댓 집 하는 만큼 했던
것 같다. 하긴 우리 집 식구가 열둘이었고 거의 김치와 된장으로
겨울을 났을 테니. 농사도 없었으니 아버지 월급으로 간장 된장 담고
김장 담가 겨울날 채비하기도 얼마나 힘들었을까. 아버지는 평생
철도원으로 사셨다. 집도 일본식 철도 관사였다. 늘 군청색 철도

달
걀

작업복을 입고 있었고 지금도 아버지는 그 작업복 입은 모습으로
떠오른다. 아버지도 눈만 뜨면 일을 하셨다. 꼬질꼬질한 철도
작업복을 입고 집을 고치거나 텃밭 일을 하거나 마당을 다지거나
늘 무슨 일이든 하고 있었다.

　철도 작업복 입은 아버지 손을 잡고 내가 걷고 있다. 키는 아버지
허리쯤이다. 경상남도 마산 변두리. 집까지 이삼십 분 거리였을까.
자산동에 있는 '몽고간장' 공장에서 간장을 한 말들이인지
두 말들이인지 커다란 통으로 한 통 사서 손수레로 배달을 시키고,
아버지와 나는 손수레 옆에서 집으로 걷고 있는 것이다. 김장 끝나면
'왜간장'이라고 했던 그 간장, 요즘은 뭐 진간장이라고 하던가, 그걸
한 통 들여놓아야 우리 집은 겨울 채비를 마쳤다. 마산이면 일제 때
일본 사람들이 마을을 이루고 살았던 곳이다.
그 문화였겠지. 왜간장은 겨울철 아이들 밥반찬이었다. 참기름
한 방울 떨어뜨리고 깨소금 조금 뿌려 주면 그걸로 밥을 비벼 먹었다.

　아버지 손을 잡고 걷는다. 왜간장에 밥 비벼 먹을 생각으로 나는
좀 행복하다. 고개를 들면 철도 작업모 쓴 아버지 머리가 파란 가을
하늘과 함께 저 위에 있다. 나는 또 생각한다. 오늘 저녁상에 달걀이
나올까?

　어쩌다 밥그릇 옆에 날달걀이 놓일 때가 있었다. 참기름 깨소금 친
왜간장 종지와 함께. 아이가 아프거나 입맛이 없어 보일 때 그랬겠지.
뜨거운 밥을 숟갈로 옴폭하게 파 헤집어 그 속에 달걀을 깨 넣고
다시 밥을 덮어 놓고 잠시 기다릴 때, 간장 한 숟갈 넣고 달걀 노란
빛으로 밥을 비빌 때, 그때만 한 행복이 없었다.

나는 요즘 두어 달째 음식 삼키기가 너무나 힘이 든다. 몸무게가
거의 20킬로 빠졌다. 어떻게든 먹어 내지 못하면 치료고 뭐고 계속할
수 없다고 한다. 자리에 누워 있으면 꿈결인지 잠결인지 아버지가
자꾸 보인다. 여전히 철도 작업복을 입었다. 어느 새벽인가, 아버지가
그러신다.

'시백아, 니 우짤라고 그라노? 와 밥을 못 묵노?'

'아부지예, 저도 벌써 육십이 다 돼 갑니더. 그라고 마이 지쳤어예.
안 묵으니 그냥 편안하네예.'

아버지는 쪼맨한 아새끼가 뭔 뚱딴지같은 소리를 하냐는 얼굴이다.
그리고 한마디 하신다.

'달걀에 비비 묵어라.'

아버지도 밀리지 말라는 말씀이다. (2008년 5월)

그가 있어서 참 좋았다

탁동철

강원도 양양 상평초등학교 교사

비 온다. 대궁을 길게 뽑아 올린 토란이 둥근 잎을
펼친 채 비를 맞이한다. 오래 기다렸다는 듯 맞아 주는 둥근 잎도,
먼 곳에서부터 시원하게 내려 주는 손님도 서로 기쁠 것 같다.
황시백이라면 이런 날 고요히 앉아 소주 한잔 마셨겠지. 김치
한 가지나 멸치 몇 마리 접시에 담아 놓고. 소박한 술상 앞에 앉아
토란잎에 떨어지는 빗소리를 듣고 설악 봉우리 등성이에 덮인
비안개를 보며 동무들 생각했겠지. 부산에 상석이는 퇴직하고
아이들 못 만나 가슴이 텅 비어 버리지는 않았는지, 서천에 금성이는
글씨가 자꾸 늘고 있는지, 강화에 광훈이는 기반을 잡아 가는지,
세종시에 교진이는 사람들 만난다고 술을 너무 먹지는 않는지.

황시백은 소주를 참 맛있게 먹었다. 그의 소주잔은 빗소리를
품고 동무를 품고 시인 카미르를 품고 앞날에 펼쳐 낼 꿈을 품었다.
그의 입에 들어가는 소주도 기뻤을 것이다. 내가 황시백을 형으로
스승으로 따르게 된 것도 소주 한잔이 시작이었다.

20년 전 나는 강원도 삼척에 있는 시골 학교, 도경분교에
발령받아 선생을 하고 있었다. 학교 숙직실에서 먹고 잤다. 아침에
눈뜨면 부스스한 머리에 추리닝 바지를 입고 숙직실 벽에 걸린
열쇠꾸러미를 들고 나와서 태극기를 달고 교실 문들을 열었다. 전날
학부모와 술이라도 먹고 늦게까지 못 일어나고 있으면 아이들이
숙직실 문을 열고 들어와서 아직 자고 있는 나를 밟고 넘어 벽에
걸린 열쇠꾸러미를 가져갔다. 축구 하자고 잡아끌면 나는 눈곱도

떼지 못한 채 비척비척 운동장으로 끌려 나와 공을 찼다.

늘 학교와 마을에 처박혀 있었다. 하루 세 번 마을에 버스가
들어왔지만 버스를 타고 마을 밖으로 나가 봤자 아는 사람도 없고
할 일도 없었다. 학교 교무실 소파에서 그냥 자는 날도 있었다. 젊을
때 뭐든 열심히 하라고 하는데 내가 뭘 열심히 해야 하는지 몰랐다.
서류도 만들고, 안 중요한 장부도 열심히 정리했다.
4, 5, 6학년 열일곱 명이 한 교실에서 공부하는 우리 반 아이들이
풀어야 할 시험지도 열심히 인쇄했다. 하여튼 스물다섯의 나는
세상에 잘 길들여지기 위해 애쓰고 있었다.

도경분교는 비둘기호 기차와 석탄 실은 기차만 머무는 도경역
맞은편에 있는 학교다. 기차 칸에서 내려다보면 아이들이 정답게
놀고 있는 철길 옆 작은 학교. 그곳 역에서 더 올라가면 도계역,
통리역, 철암역이 나온다. 철암역은 스무 살 황시백이 철도고등학교
전수부 교육을 받은 뒤 기관조사로 발령받아 일했던 곳이다. 청년
황시백은 철길 따라 달리다가 기차를 타고 학교 옆을 지날 때면
운동장에서 뛰노는 아이들 모습이 그렇게 보기 좋았다 한다. 자기도
학교 선생이 되면 좋겠다는 생각을 했다고 한다.

실제로 그는 선생이 되기 위해 교육대학에 시험을 치기도 했다.
시험을 쳐서 합격자 명단에 올랐다. 면접 보러 오라 해서 갔는데
면접관이 '머리가 길다. 머리를 자르고 오라.' 했다 한다. 당연히
머리카락 안 잘랐겠지. 황시백이 '사랑' 아닌 것에 복종할 리가 없다.

그 길로 나가서 다시 돌아오지 않았고, 결국 운동장에서 아이들과 놀아 주는 시골 초등학교 선생이 못 되고 말았다 한다.

나중에 그는 '에이, 그때 머리를 자를 것을……' 하며 후회스런 얼굴로 농담을 하기도 했다. 그래서 나는 가끔 초등학교 1학년 담임선생 노릇을 할 황시백을 상상하기도 한다. 둥근 얼굴 따뜻한 웃음 두꺼운 안경. 아침에 아이들이 교실 문을 열고 들어오면 어떤 표정을 지었을까. 예뻐서 어쩔 줄 모르는 얼굴로 "밥은 먹었어요. 많이 먹었어. 아이구 착해라……" 이러며 덜렁 들어 안아 주지 않을까. 오늘은 어떤 이야기를 들려줄까 준비했을 테고, 아이들이랑 춤도 추고 노래도 하고 연극도 하며 신났겠지. 하루하루 뜻이 있고 기쁨이 있는 교실로 가꾸려 애썼겠지. 언제나 싱글벙글은 아니었을 것이다. 아이들이란 게 한 발 바깥에서 보는 것처럼 마냥 순진하고 귀엽기만 할 리 없다. 들여다보면 그곳도 이 사나운 사회의 축소판 아니겠나.

"재랑 놀지 마."
"재가 없어야 우리가 재밌는데."

더러는 아이들의 이런 태도를 대하며 이걸 어째야 하나 끙끙 고민도 했을 것이다.

"저런 녀석은 문제야."

아이들에게 손가락 내미는 교사들 태도에 미간을 찌푸리며, 저런 녀석이 문제라면 나는 기꺼이 저런 녀석이 되고 말겠다 했을 것이다. 어린아이들 줄 세워 놓고 길게 늘어놓는 교장의 훈시에 넌더리를 냈을 것이다.

황시백은 초등학교 1학년 담임 대신 고등학생을 가르치는 교사가 되었다. 아이들을 사랑하는 교사였다. 밤에 자취방에 누웠다가도 골목으로 지나가는 아이들 목소리가 나면 "저 아이들 불러 밥이라도 먹이면 좋겠다."는 말을 입버릇처럼 하고는 했다. 후배 교사들과 둘러앉아 학급 아이들 글을 읽을 때, 아이 글에서 희망을 보았을 때 그의 몸은 절절 끓었다. 눈빛이 바뀌고 목소리가 바뀌었다.

"아……"

하며 저 깊은 속에서부터 터져 나오는 감동의 울림은 방에 둘러앉은 사람들의 가슴을 가득 채우고도 넘쳤다.

교사였기 때문에, 아이들을 사랑하는 교사였기 때문에 그는 해직되었다. 아니, 어디에서 어떤 일을 했어도 그 시절의 그는 해직되었을 것이다. 농사를 지었으면 풀과 곡식을 사랑하는 농사꾼이니까 잡혀갔을 테고, 기차를 운전하는 기관사 일을 계속했으면 자기 일을 사랑하는 기관사니까 해직되었을 것이다. 초등학교 선생을 했어도 마찬가지였겠지.

황시백이 해직 5년 만에 복직한 곳이 내가 교사로 첫 발령을 받아

지내던 삼척이다. 그는 마흔넷, 나는 스물일곱이었다. 처음 만났던 삼척 시내 그 술집 그대로 기억한다. 그는 내가 따라 준 술잔을 들어 쭉 소리 나게 마셨다. 꼴깍 넘어가는 소리에 내 마음이 젖었다. 한 인간을 가슴으로 맞아 주는 소리였다. 나는 반했다. 그가 내민 손을 잡았다.

부끄럼 많고, 자신을 괴로워했고, 끝까지 가서 닿으려 했던 나의 형, 나의 선생님. 그는 여러 모습으로 내 앞에 나타났다. 서툴게 손만 주뼛 내밀었다가 저쪽으로 사라지는 거지 노인의 모습으로 나타났고, 술이란 건 뼈가 빠지게 마셔야 한다는 노인의 모습으로 나타났다. 토라졌다가 금방 사이좋게 지내는 아이들의 모습에서도 그가 보였고, 아무것도 아닌 일에 화를 냈다가 후회하는 나한테도 그가 있었다. 시험지를 인쇄하고 경리장부 정리하는 게 잘하는 선생인 줄 알았던 나는 생각을 바꾸었다. 세상에 안 길들여지기 위한 길을 찾아보려 했다. 나의 자랑이 그의 자랑이 되기를 바랐다.

첫 만남 뒤로 15년 동안 만남을 이어 갔다. 금요일마다 만났다. 아이들이 쓴 글을 읽었고 『시정신과 유희정신』, 『우리 문장 쓰기』와 같은 책을 읽었다. 저녁에 시작한 모임인데 중요한 이야기는 자정이 넘어서야 시동이 걸리고는 했다. 밤을 꼴딱 새는 날도 있었다. 자주 만났지만 싱겁게 끝나는 날이 없었다. 가슴에 턱 얹히는 이야기가 있었다. 새롭게, 깊게 보려 했다. 모임 마치고 집에 가면 동쪽 하늘이 파랗게 밝아 오고 닭이 울었다.

별것 아닌 눈으로 보면 별것 아닌 것, 그냥 슬슬슬 벌레 기어간 자국과 다를 바 없는 것, 방울나무 잎사귀를 갉던 털벌레 하나가 툭 하고 저만치 흙바닥에 떨어졌다가 다시 슬슬슬 기어 저쪽으로 가 버린, 나무가 보기에도 별것 아니고, 기어간 벌레가 보기에도 별것 아닌, 그 별것 아닌 것에서도 그는 위대함을 찾아냈다. 소박한 것 보잘것없는 것, 아무것도 아닌 것에서 아름다움을 찾고 배울 것을 찾았다.

언젠가 속초글쓰기회 식구들이 시골 할머니네 집에 가서 농사일을 거들어 준 일이 있었다. 점심때가 되자 할머니가 밥상을 차려 냈다. 손님들한테 대접할 반찬이 마땅치 않았던 할머니는 급하게 마당 둘레에 있던 나물을 뜯어 무쳤고, 파를 썰어 넣고 보글보글 볶작장을 끓였다. 할머니는 "찬이 읎어 어떡하니." 부끄러워하며 상을 내왔다. 황시백이 숟가락을 쥐더니 이 세상에서 가장 맛있는 술, 아니 가장 맛있는 밥을 드디어 만났다는 듯 밥을 먹었다. 밥 맛있다 하며 한 그릇 먹고, 볶작장 맛있다 하며 더 먹고, 또 더 먹고.

세 그릇을 먹고는 둥둥 배를 쓸며 가쁜 숨을 쉬었다. 할머니가 입을 딱 벌리며 감탄을 했다. 세상에 그렇게 밥을 복시럽게 먹는 사람은 처음 봤다 하시더니 그에 덧붙여, 인물은 어찌 그리도 좋고 말씨는 어찌 그리도 순진하고 착하냐 하시며, 아직 장가를 안 갔으면 머리띠 두르고 중매라도 나설 듯이 두고두고 칭찬을 이어 갔다. 누구한테는 별것 아닐 수 있는 밥상이 황시백을 만나 세상의 위대한 밥상이 되어 버렸다. 누구는 밥 많이 먹고 술 잘 먹으면 '밥 많이 먹고 술 작작 처먹는 인간, 먹을 거라면 사족을 못 쓰는 인간'이 되어 버리기도 하는데 황시백은 밥만 많이 먹고도 사랑받고 칭찬받고 잘생겼고 착한 사람이 되었다. 그리고 얼마 동안 황시백의 글쓰기 이론은 '글쓰기는 밥상 차리기'였다. 작은 것 한 가지 한 가지, 정말 귀하게 준비해서 밥상을 차리듯 글을 써야 한다는 것이다. 부산에 사는 동무 이상석이 말하는 '글쓰기는 똥 누기'와 비슷하지만 달랐다. 위아래 들어오고 나가는 곳이 달랐다.

1999년부터 글쓰기교육연구회 교육부 일을 맡아 다달이 이오덕 선생이 계시는 무너미에 가서 글쓰기 공부방을 열었다. 이오덕 선생님을 큰 스승으로 여겼고, 높이 받들고 싶어 했다. 이오덕 선생이 비틀거리는 날이 오면 자신의 등이 닳도록 업고 다니고 싶다 했다. '말이 살아야 삶이 산다.' '일하는 사람의 눈으로 세상을 보아야 한다.'는 주장에 공감했고, 실천했다. 『우리 문장 쓰기』, 『우리 글 바로 쓰기』 같은 책을 읽고 또 읽어서 이오덕 선생의 어떤 말이 책의 어느 쪽에 있는지를 외울 만치 되었다. 그러나 이오덕 선생님과 함께하던 글쓰기회에 분란이 일어나자 모임을 떠나고 말았다. 이오덕이 여기에 있지 않다는 것이다. 회원들 사이에 남을 탓하는 태도는 이오덕 사상이 아니라는 것이다. '쟤가 없어야 우리가 좋아지는 것'이라면 자신도 마땅히 없어지겠다는 것이다. 그리고 쟤가 있어서, 너가 있어서 모두가 얼마나 좋은지를 보여 주는 새로운 그림을 그려 나갔다. 양양 사잇골에서 농사를 짓고 목수 일을 배우며 동무들을

불러들였다. 자기를 붙잡고 동무들의 손을 붙잡으며 새로운
공동체를 꿈꾸었다.

  한 달에 한 번은 전국 여러 곳에 흩어져 있는 동무들이 잡지 편집
일을 의논하기 위해 한자리에 모였다. 모이는 것은 쉽지만 헤어지는
것은 늘 어려웠다. 황시백은 헤어질 때는 무슨 인사를 어떻게 해야
할지 몰랐다. 손 흔들며 잘 가란 소리를 못 했다. 무너질 듯 슬픈
얼굴로 조금만 더 있자, 한 잔만 더 하자 하며 옷자락을 잡았다.
결국 동무들은 예정 시간을 훨씬 넘겨 헤어질 수밖에 없었고,
맨 정신으로 보낼 수 없었던 그는 어둠 속에 멀어져 가는 동무들의
등 뒤에서 자꾸자꾸 술을 마시다가 끝내는 마루에서 굴러 마당
흙바닥에 거꾸로 처박히기도 했다.

  그가 그린 그림들이 세상 밖으로 일어나려 할 때, 그는 떠났다.
동무들과 차마 헤어지기 힘들어했던 그가 동무들을 두고 어느 날
갑자기 떠나 버렸다. 가는 길에 했던 마지막 말도 "동무들이 있어
참 좋다."였다지. 그의 그림을 일으켜 세우는 건 남은 동무들의 몫이
되었다.

  황시백에게 변명 하나 하며 이 글을 마쳐야겠다.
  황시백이 살아 있었다면 이 책은 못 나왔다. 황시백이 자신의
책을 내는 일에 동의할 리 없다. 아, 살아 있을 때 책 내겠다는 말을
농담처럼 던진 것 같기도 하다. '딱 한 사람만 볼 수 있는 책 한 권을

내면 좋겠다.'고 했던가. 그러니까 이 책은 황시백이 세상에 없기
때문에 나오는 것이다. 하늘에서라도 자신의 책이 나오는 걸 알게
되면 그는 자다가도 벌떡 일어나 이글이글 호랑이 눈을 부릅뜰
것이다. 어쩌겠나. 당신이 그리워 어쩔 수 없었노라며 용서를
빌어 보는 수밖에.

소주 한잔을 맛있게 마시던 황시백. 그가 있어서 참 좋았다.

## 애쓴 사랑

2015년 7월 30일 처음 찍음

지은이 황시백
펴낸곳 도서출판 낮은산 | 펴낸이 정광호 | 편집 강설애 | 디자인 박대성 | 제작 정호영 | 영업 윤병일
출판 등록 2000년 7월 19일 제10-2015호
주소 121-895 서울시 마포구 독막로9길 23 아덴빌딩 3층
전화 02-335-7365(편집), 02-335-7362(영업) | 팩스 02-335-7380
홈페이지 www. littlemt.com | 이메일 littlemt2001hr@gmail.com | 트위터 @littlemt2001hr
제판·인쇄·제본 상지사 P&B

ⓒ 황시백, 2015

ISBN 979-11-5525-044-0 03810

이 도서의 국립중앙도서관 출판예정도서목록(CIP)은 서지정보유통지원시스템 홈페이지(http://seoji.nl.go.kr)와
국가자료공동목록시스템(http://www.nl.go.kr/kolisnet)에서 이용하실 수 있습니다. (CIP제어번호 : CIP2015019755)